Il faut sauver Rufus!

BIOGRAPHIE

L'auteur: Emily Costello vit à Boston, dans le Massachusetts. Journaliste de métier, elle a deux passions dans la vie: les sciences naturelles et écrire des histoires pour les enfants.

L'illustrateur: Christian Heinrich est né le 26 août 1956 à Sélestat, petite ville alsacienne. Il a suivi les cours de l'École des Arts décoratifs de Strasbourg, avec Claude Lapointe; il y enseigne aujourd'hui. Il a illustré de nombreux ouvrages, chez Milan, Albin Jeunesse, Rageot, Hachette...

À la mémoire de ma plus grande fan et supporter : ma mère.

ILLUSTRATIONS INTÉRIEURES: Christian HEINRICH

L'auteur adresse un grand merci à Isis Sanchez
du Centre médical animalier de New York pour son aide.
Titre original:
Abandoned Puppy

Loi n°49 956 du 16 juillet 1949 sur les publications destinées à la jeunesse.
Dépôt légal : mai 2005
ISBN : 2 7470 1544 0

Imprimé en Allemagne par Clausen & Bosse

Jenifer apprentie VÉTÉRINAIRE

Il faut sauver Rufus!

EMILY COSTELLO
TRADUIT DE L'AMÉRICAIN
PAR JOËLLE TOUATI

BAYARD JEUNESSE

LES HÉROS DE CETTE HISTOIRE

Jenifer Sullivan a neuf ans. Elle rêve de devenir vétérinaire, comme sa tante Anya. Elle se rend donc régulièrement à la clinique pour l'aider.

Anya est la sœur jumelle de Norma. Elle est la seule vétérinaire de la petite ville de Gateway, dans le Montana.

Cora Sullivan, quatorze ans, est la sœur aînée de Jenifer. C'est une passionnée des chevaux. Avec sa sœur, elle a fondé l'association « Les enfants en faveur des loups ».

Jack et Norma Sullivan sont les parents de Jenifer et Cora. Norma, qui est biologiste, peut aider Anya lorsqu'il s'agit d'animaux sauvages.

Jack Sullivan
Norma Sullivan
Anya
Cora
ullivan
Jenifer
Sullivan

I

– Et si je l'appelais Ralph? demanda Jenifer Sullivan tout en pédalant.

Sa meilleure amie, Samantha Russell, la rattrapa. Le samedi matin, il n'y avait pas beaucoup de circulation; les deux fillettes pouvaient donc rouler côte à côte sur la route qui longeait des prairies délimitées par des clôtures de bois. Au-delà des collines verdoyantes, les montagnes couvertes de sapins se détachaient sur un ciel magnifique.

– Ah non! s'exclama Samantha. Ralph, c'est un nom à vomir.

– C'est vrai, tu as raison, convint Jenifer avec un petit rire en lâchant d'une main le guidon de sa bicyclette pour s'essuyer le front.

Le soleil de printemps était déjà chaud, et l'effort la faisait transpirer.

– J'aime bien Max aussi, ajouta-t-elle.

– Mon grand-père s'appelle Max, déclara Samantha. Tu ne peux pas donner le même prénom à ton chien.

Ton chien. Jenifer avait du mal à réaliser qu'avant la fin de la matinée elle aurait un chiot rien que pour elle.

– Atlas, suggéra-t-elle. C'est un beau nom pour un chien de grande taille.

– Bof… Ça me fait trop penser à l'école.

– Rambo, alors ?

– Tu es sérieuse ? s'écria Samantha.

– Je crois que non…, fit Jenifer. C'est la chaleur qui me ramollit le cerveau…

– Arrête de te casser la tête. Il y a au moins une heure de trajet pour aller chez l'éleveur. On a le temps de réfléchir.

« Dire que, dans un peu plus d'une heure, je tiendrai mon chiot dans mes bras ! » songea Jenifer avec excitation. Elle attendait ce moment depuis bientôt un mois. Depuis le jour de son neuvième anniversaire, où sa tante Anya lui avait annoncé qu'elle lui offrirait un chiot. Jenifer pourrait même le choisir. Elle avait bondi de joie, et supplié sa tante de l'emmener chercher son chien l'après-midi même. Mais Anya lui avait expliqué que l'on n'adoptait pas un chien à la légère. Il s'agissait d'une décision importante, avait-elle dit, et les grandes décisions ne devaient jamais être précipitées.

Jenifer avait donc lu tous les livres sur les chiens qu'elle avait pu se procurer ; elle avait questionné tous les propriétaires de chiens qu'elle connaissait. Plusieurs races lui plaisaient, mais au bout du compte elle avait opté pour un lévrier irlandais.

Toute sa famille avait applaudi à son choix. Anya avait affirmé que les lévriers étaient calmes et intelligents. La mère de Jenifer, son père et sa sœur aînée, Cora, aimaient ces chiens-là parce qu'ils étaient grands.

À l'âge adulte, un lévrier pouvait mesurer jusqu'à un mètre et peser une soixantaine de kilos. Dans quelques mois, son nouveau compagnon la regarderait dans les yeux sans avoir à lever la tête !

– Tante Anya aura peut-être une bonne idée, reprit Jenifer.

– Sûrement ! Elle connaît les noms de tous les chiens des environs.

La tante de Jenifer était l'unique vétérinaire de la petite ville de Gateway, dans l'État du Montana. Elle soignait les animaux domestiques – chiens, chats, gerbilles – ainsi que le bétail des fermiers. Parfois, il lui arrivait aussi de s'occuper de bêtes sauvages.

Anya avait beaucoup de travail ; c'est pourquoi elle était toujours ravie que les fillettes lui donnent un coup de main.

– Hé, Jenifer… C'est qui, ce type ?

– Je n'en sais rien.

Les deux amies venaient de franchir un tournant, et la clinique vétérinaire était maintenant en vue. Un homme d'une stature imposante, en jean poussiéreux, coiffé d'un chapeau de cow-boy, faisait nerveusement les cent pas devant le bâtiment. Lorsqu'elles le virent décocher des coups de pied dans la porte, elles pédalèrent plus vite.

– Je suis sûre que c'est un cambrioleur ! s'exclama Samantha.

– Il faut qu'on l'arrête ! s'écria Jenifer, furieuse, en se dressant sur sa selle pour accélérer.

Parvenue dans l'allée menant à la clinique, elle sauta de son vélo et le laissa tomber sur les gravillons. À présent, l'homme tambourinait des poings contre la porte.

– Madame la vétérinaire ! hurlait-il. Ouvrez-moi !

« Ce n'est donc pas un voleur », songea Jenifer. C'est alors qu'elle remarqua un chien fauve et blanc, étendu sur la pelouse. Son cœur se mit à cogner contre ses côtes. C'était un chien de berger, un corgi ; il gisait sur le flanc, inerte. On aurait dit qu'il était mort.

– Qu'est-ce qu'il a, votre chien ? demanda-t-elle en criant pour couvrir le vacarme.

Le cow-boy pivota sur ses talons et s'approcha des fillettes en serrant et desserrant rageusement les poings.

– Elle est en train de mourir ! C'est la faute de cette idiote de vétérinaire qui n'ouvre pas.

Jenifer jeta un coup d'œil en direction de la rue. Le gros pick-up vert de sa tante n'était pas là. Ce n'était pas surprenant, car la clinique était fermée le samedi. Si cet homme avait gardé la tête froide, il aurait vu la pancarte en bois accrochée près de la porte, sur laquelle il était indiqué comment joindre Anya en dehors des horaires de consultation. En général, ce n'était pas difficile, car elle habitait au-dessus de son cabinet.

– Je suis sûre qu'elle ne va pas tarder, intervint Samantha. Elle a dû être appelée pour une urgence.

– Et vous croyez que ce n'est pas une urgence, là ? Amber risque de mourir si on ne fait rien.

Jenifer s'agenouilla près du petit berger gallois à la tête de renard.

– Qu'est-ce qui lui est arrivé ?

Le cow-boy ôta son chapeau et le jeta au sol d'un geste désespéré :

– Je ne sais pas. Tu penses que je serais ici si je savais ?

Jenifer caressa la tête du corgi. Amber avait les yeux fermés. Son pelage était doux. Sa gueule légèrement entrouverte révélait une rangée de dents blanches et régulières. Elle ne sentait pas mauvais. La chienne paraissait bien entretenue. Jenifer ne lui donnait pas plus d'un an ou deux.

Samantha s'approcha prudemment.

– C'est peut-être la chaleur..., avança-t-elle.

Depuis quelques jours, la température était exceptionnellement élevée pour la saison. Le mois d'avril ne faisait que commencer, mais déjà les gens se promenaient en short et en T-shirt.

Jenifer se releva et s'adressa au cow-boy :

– Vous l'avez fait courir ?

– Non, répondit-il en se passant les mains dans les cheveux.

Des gouttelettes de sueur perlaient à ses tempes. Son chapeau avait imprimé une marque rouge sur son front.

– On regardait tranquillement la télé, tous les deux, poursuivit-il. Il fait frais chez moi ; j'ai la climatisation. Et je veille toujours à ce qu'elle ait de l'eau dans sa gamelle. Je ne comprends pas ; ce matin encore, elle était en parfaite santé.

Il jeta un regard angoissé vers la route. « Il espère voir apparaître le pick-up d'Anya », songea Jenifer. Cependant, elle avait conscience qu'ils ne pouvaient pas se permettre de l'attendre. Amber avait besoin d'être soignée immédiatement. Il fallait agir sans perdre de temps.

Elle sortit un trousseau de clés de sa poche et le jeta à Samantha.

– Entre et appelle Anya sur son portable. Dis-lui de nous rejoindre ici le plus vite possible.

Samantha acquiesça d'un hochement de

tête, puis se glissa entre le cow-boy et la porte de la clinique pour introduire une clé dans la serrure.

– Bon, dit Jenifer quand son amie eut disparu dans le couloir sombre. Reprenons. Qu'a-t-il bien pu se passer pour que votre chienne soit maintenant si mal en point ?

– Si je te dis que je n'en sais rien !

– Racontez-moi comment c'est arrivé, c'est important.

– Eh bien, soudain, Amber s'est mise à tourner en rond comme une folle, expliqua l'homme d'une voix brisée. Avec ses pattes, elle faisait comme si elle voulait enlever quelque chose de sa gueule. Je l'ai tout de suite portée dans mon camion. Je n'habite pas très loin, mais, le temps que j'arrive ici, elle avait perdu connaissance.

Samantha reparut sur les marches de la clinique.

– Anya est à l'extérieur de la ville, dit-elle. Elle sera là dans une dizaine de minutes.

Dix minutes seraient fatales à Amber ! Jenifer s'accroupit près du corgi et s'efforça de réfléchir posément. Elle faisait comme si elle voulait enlever quelque chose de sa gueule, avait dit son maître…

La fillette inséra doucement ses doigts entre les mâchoires de la chienne.

– Qu'est-ce que tu fais ? s'écria le cow-boy. Attention à ne pas lui faire mal !

Jenifer l'ignora et enfonça ses doigts derrière la langue chaude et humide de l'animal. Au fond de sa gorge, elle sentit un objet lisse.

– Je crois qu'elle a avalé une balle, murmura-t-elle.

– Ça doit être la balle que je lui ai achetée hier, bredouilla le cow-boy. Elle est rouge.

Jenifer retira sa main de la gueule du chien et la frotta contre sa salopette.

– Eh bien, qu'est-ce que tu attends pour la lui enlever ? C'est pour ça qu'elle ne peut pas respirer !

– Je n'arrive pas à l'attraper. Elle glisse…

La fillette se releva pour passer une jambe par-dessus la chienne et s'agenouilla dans l'herbe. Puis elle inspira profondément, se pencha en avant, et appuya sur l'abdomen de l'animal. Rien ne se produisit.

– Mais tu es dingue ! tonna le cow-boy. Tu veux aggraver son cas, ou quoi ?

– Taisez-vous, lui lança Samantha. Elle sait ce qu'elle fait.

Jenifer avait vu sa tante extraire toutes sortes d'objets de la gueule de ses patients à quatre pattes : des os, des jouets en plastique, des pièces de monnaie. Effectuée par Anya, l'opération paraissait simple. Une pression vigoureuse sur le flanc de l'animal, et celui-ci recrachait le corps étranger qu'il avait ingurgité. Jenifer, elle, n'avait jamais essayé de le faire. Elle n'était pas certaine de réussir. Elle aurait volontiers demandé l'avis de Samantha, mais elle ne tenait pas à montrer au cow-boy qu'elle n'était pas sûre d'elle.

« Je devrais peut-être appuyer plus fort », se dit-elle en redressant le buste et en s'efforçant de dissimuler son anxiété : si elle appuyait trop fort, ne risquait-elle pas de casser une côte au chien ? « Vas-y, fais-le, n'hésite pas. Si tu n'agis pas, Amber va mourir étouffée. Qu'est-ce qu'une fracture, comparée à la mort ? »

Rassemblant son courage, elle se pencha de nouveau au-dessus de la chienne et pressa sur son thorax de toutes ses forces. Un cri de soulagement lui échappa quand une petite balle rouge jaillit de la gueule du corgi et rebondit sur le gazon.

Jenifer s'assit sur ses talons et observa l'animal. Samantha s'approcha pour regarder par-dessus l'épaule de son amie. Le cow-boy, crispé, attendait sur les marches de la clinique.

« Allez, Amber, reviens parmi nous ! » pria Jenifer silencieusement. Était-elle intervenue à temps ? Elle savait que, si la bête avait été trop longtemps privée d'oxygène, elle pouvait ne pas s'en remettre.

À l'instant même où cette terrible pensée lui traversait l'esprit, le corgi aspira une bouffée d'air et ses côtes tressaillirent.

– Bravo ! s'exclama Samantha en donnant

une tape affectueuse dans le dos de sa copine.

Les paupières de la chienne se soulevèrent. Presque aussitôt, Amber se remit sur ses pattes et s'ébroua. Elle inclina ensuite la tête et regarda Jenifer d'un air interrogateur. « Qui es-tu, toi ? » semblait-elle demander. Puis elle remua sa courte queue.

– Voilà, elle est tirée d'affaire ! déclara Jenifer en lui caressant le museau.

Le cow-boy accourut, se laissa tomber à genoux et couvrit sa chienne de baisers. Puis il se releva et jeta ses bras autour du cou de Jenifer.

– Merci, merci mille fois, p'tite demoiselle ! lui cria-t-il dans l'oreille.

Jenifer se libéra poliment de cette étreinte.

– Il n'y a pas de quoi, dit-elle en souriant, amusée par ce soudain changement d'attitude.

– Tu devrais faire vétérinaire quand tu seras grande.

– C'est mon intention, lui apprit Jenifer.

En trottinant, Amber se dirigea vers sa balle et la renifla. Samantha la devança et empocha la balle.

– Désolée, ma belle, mais ce nouveau joujou est trop dangereux pour toi, dit-elle en agitant son index devant le nez de la chienne.

– Il ne faut pas donner des balles trop petites aux chiens, renchérit Jenifer.

– Vous avez raison, mesdemoiselles, approuva le cow-boy.

Sur quoi, il s'engagea dans l'allée, prit sa chienne dans ses bras et la déposa dans la cabine de son camion. Puis il s'installa derrière le volant et donna un coup de klaxon avant de démarrer.

– Tu lui as sauvé la vie, affirma Samantha.

– Maintenant, je saurai comment il faut faire si jamais Rufus se coince quelque chose dans la gorge. Qu'est-ce que tu en penses ? demanda Jenifer en adressant un clin d'œil à son amie. Rufus, c'est un nom sympa pour un lévrier, non ?

– Rufus…, répéta Samantha en fronçant les sourcils, pensive. Ouais… Rufus, c'est pas mal.

– Il s'appellera Rufus, c'est décidé. Ah, voilà Anya ! Viens, on va le lui dire !

2

– Salut, les filles ! lança Anya en agitant un bras bronzé et musclé par la vitre de son 4x4. Où est le chien qui avait besoin de moi de toute urgence ?

– Jenifer l'a soigné ! répondit Samantha. Elle s'est débrouillée comme une pro.

Anya se gara sur l'emplacement que le cow-boy venait de libérer. En la voyant descendre de son pick-up, Jenifer retint une exclamation de surprise. Sa tante était vêtue d'un jean blanc et d'un T-shirt rose fraîchement repassé. Avec ses yeux bleus et ses cheveux aux reflets cuivrés, Anya était toujours jolie. Mais elle était rarement aussi *propre.*

Quand elle travaillait, elle portait invariablement un vieux jean délavé et une chemise en denim. À la fin de la journée, ses vêtements étaient couverts de boue et de saleté.

– Tu t'es mise sur ton trente et un pour aller chez l'éleveur ! s'écria sa nièce.

Anya hocha la tête en se dirigeant vers les deux fillettes :

– Vous voyez, je peux me faire belle quand je veux !

– Hum, hum…, fit Jenifer.

Pour sa part, elle avait enfilé le premier vêtement qui lui était tombé sous la main, sa salopette, et elle n'avait pas pris la peine d'attacher ses longs cheveux roux, que l'humidité avait fait friser encore plus qu'ils ne l'étaient naturellement.

Anya attendit que sa nièce et son amie aient rangé leurs vélos à l'arrière du bâtiment. Puis elle les précéda jusqu'à la porte de la clinique, son basset-hound, Baxter, sur les talons. Les longues oreilles du chien se balançaient d'avant en arrière tandis qu'il trottinait sur ses courtes pattes. Tout en suivant Anya, qui marchait d'un pas dynamique, les fillettes lui racontèrent le sauvetage d'Amber.

Anya félicita Jenifer, puis lui dit avec un clin d'œil :

– Un de ces jours, je n'aurai plus de clients, si tu continues comme ça.

– Tu plaisantes !

Elles traversèrent la salle d'attente plongée dans l'obscurité et pénétrèrent dans le petit bureau d'Anya.

– Je savais qu'on devait agir vite, poursuivit Jenifer. Mais j'avais peur de faire une bêtise. J'espère que je ne lui ai pas cassé une côte…

– Tu ne m'as pas dit qu'Amber s'était mise à trottiner après avoir recraché la balle ?

– Si.

– Alors, c'est qu'elle va bien, déclara Anya. Ne te fais pas de souci, je téléphonerai à son maître pour prendre de ses nouvelles.

– Vous le connaissez ? demanda Samantha.

– Bien sûr. J'ai recousu l'une des pattes arrière d'Amber, l'hiver dernier. Elle se l'était fait écraser par une vache. Il paraît que c'est une excellente gardienne de troupeaux.

Anya passa rapidement en revue les enveloppes qu'elle avait relevées dans sa boîte aux lettres. Puis elle les posa sur son bureau.

– Vous avez des pensionnaires, en ce moment ? lui demanda Samantha en regardant dans le couloir sombre, au bout duquel se trouvait une salle de soins.

Anya gardait parfois des animaux en observation pendant quelques jours. Elle les installait alors dans cette pièce. Le plus souvent, il s'agissait de chiens ou de chats qu'elle avait opérés. Mais, de temps à autre, on lui amenait aussi des bêtes sauvages malades ou blessées, des chouettes, par exemple, ou des loutres.

Les fillettes adoraient aider Anya à s'occuper de ses pensionnaires. Et elles ne manquaient jamais une occasion de l'accompagner quand elle allait relâcher un animal sauvage dans la forêt.

– Non, pas de pensionnaires, ces jours-ci, répondit Anya en jetant un coup d'œil sur son répondeur. Quatre messages ? Je ne me suis pourtant absentée qu'une demi-heure.

Elle appuya sur la touche de lecture.

Jenifer n'était pas étonnée que sa tante soit venue à son cabinet un jour de repos. En dehors des horaires de consultation, elle avait toujours du travail à rattraper : des commandes de médicaments à passer, des coups de téléphone à donner, des factures à envoyer. Elle était constamment à la clinique, et s'en éloignait rarement pour très longtemps.

Baxter se coucha sous le bureau en soupirant.

Samantha prit un magazine dans la pile de courrier et s'appuya contre la porte pour le feuilleter. Ses longs cheveux noirs et raides brillaient sous la lumière. Beaucoup plus petite que Jenifer, elle était aussi de constitution plus frêle et plus délicate. Ses grands yeux bleus illuminaient son visage fin.

Jenifer enleva un tas de dossiers de la chaise pivotante d'Anya et s'y laissa tomber. En faisant tourner le siège, elle se dit qu'elle aimait vraiment la clinique de sa tante, même le samedi, lorsqu'elle était fermée.

Ce lieu la fascinait. Elle aimait le bureau, avec son mur sur lequel s'alignaient diplômes et certificats encadrés ; les salles de soins et leurs armoires aux portes vitrées, où s'amoncelaient boîtes de médicaments, tubes de pommades, fioles et seringues ; elle aimait la salle d'opération et la salle de radiologie, où étincelait le matériel chromé. Mais elle aimait surtout savoir qu'un animal pouvait arriver à la clinique n'importe quand et qu'Anya était là pour le soigner.

Biiip ! Une voix s'éleva du répondeur :

« Bonjour, Anya. Bud White à l'appareil, du ranch de Gap Tooth. Je voulais juste avoir confirmation de notre rendez-vous.

Passez-moi un coup de fil si vous ne pouvez pas venir vacciner mes bêtes lundi prochain, comme convenu. » *Biiip !*

– Ne t'inquiète pas, Bud, ça tient toujours, marmonna Anya.

Jenifer ne prêta guère attention aux messages suivants : elle se demandait combien pesait un bébé lévrier.

– Tatie…

– Chuut, chérie. Une seconde, s'il te plaît. Laisse-moi écouter mon dernier message.

Biiip ! « Anya, c'est Rose, l'adjointe du shérif. Pouvez-vous faire un saut à nos bureaux quand vous aurez cinq minutes ? Merci. »

Anya fit une grimace.

– Qu'est-ce qu'elle me veut encore ? maugréa-t-elle.

Samantha leva les yeux de son magazine.

– Vous avez peut-être oublié de payer une amende, dit-elle en échangeant un regard complice avec Jenifer.

La tante de son amie collectionnait les PV

pour stationnement interdit. La boîte à gants de son 4x4 en était pleine. Elle ne payait ses amendes que tous les trois ou quatre mois, quand la pile devenait vraiment trop grosse.

– Sachez, mademoiselle, rétorqua Anya en tirant la langue à Samantha, que j'ai fait le ménage dans mon camion pas plus tard que la semaine dernière. Bon, vous êtes prêtes, les filles ? Aucun de ces appels ne me paraît urgent.

Jenifer se leva d'un bond.

– Alors, on y va ! s'exclama-t-elle.

Après avoir verrouillé la porte de la clinique, Anya et Jenifer montèrent dans le 4x4. La banquette était couverte de poils bruns et blancs de Baxter.

Samantha attendit que Jenifer soit installée dans le pick-up pour y grimper à son tour. Elle avait le mal des transports, si bien que son amie lui laissait toujours la place près de la vitre. Baxter sauta dans la cabine et se roula en boule aux pieds de Samantha en remuant frénétiquement sa longue queue, qui claquait contre le bord du siège.

Jenifer se baissa pour lui tapoter la tête et caressa son front plissé.

– Tu aimes les balades en voiture, toi, hein ?

Les battements de queue du chien redoublèrent de vitesse. Anya baissa sa vitre et démarra. Un pâté de maisons plus loin, elles étaient au centre de Gateway, immobilisées devant l'unique feu de signalisation de la ville. Le soleil était déjà haut, mais la petite bourgade semblait encore endormie. Outre le pick-up, il n'y avait pas de voitures dans les rues. Quand le feu changea, Anya appuya sur l'accélérateur.

À l'arrière, des flacons s'entrechoquèrent. Le plateau du pick-up contenait des boîtes de divers médicaments, un rouleau de corde, une vieille selle, des chaînes, un cric et une roue de secours, ainsi que plusieurs sacs, ayant chacun une utilité précise. Ainsi, la besace en cuir marron tachée de peinture verte renfermait le nécessaire pour soigner les bovins. Le matériel pour les chevaux était rangé dans un cabas en grosse toile rouge.

– Tu crois que je pourrai emmener Rufus à la manif, cet après-midi ? demanda Jenifer à sa tante.

– Qui est Rufus ?

– Ben… c'est mon chiot. J'ai décidé de l'appeler Rufus.

– C'est un joli nom. Il me plaît, déclara Anya.

Puis elle réfléchit un instant avant d'ajouter :

– Je ne vois pas ce qui t'empêcherait de l'emmener au rassemblement. Je suis sûre qu'il aura très envie d'exprimer son soutien aux loups !

– Tant mieux. Parce qu'il était hors de question que je manque la manifestation.

Ce rassemblement était une initiative de Jenifer et de sa sœur, Cora. Elles avaient invité tous les enfants de Gateway à se réunir pour crier haut et fort leur volonté de voir réintroduire les loups dans le Parc national de Goldenrock, l'immense réserve naturelle entourant la ville. Jenifer et Cora étaient les fondatrices d'un groupe qu'elles avaient baptisé « Les enfants en faveur des loups ».

À la sortie de l'agglomération, Anya accéléra. Le vent s'engouffrait dans la cabine du 4x4, dissipant le mélange d'odeurs de fumier, de médicaments et de transpiration qui y régnait.

– Je crois que Norma est un peu vexée de ne pas avoir été invitée à la manifestation, dit Anya. Elle assiste depuis des années à toutes les réunions concernant les loups.

– Je suis désolée pour elle, fit Jenifer en souriant, mais elle est trop vieille.

Norma était sa mère, et la sœur jumelle d'Anya. Biologiste, elle étudiait les animaux sauvages de Goldenrock. Grâce à elle, Jenifer et Cora savaient déjà une foule de choses à propos de la faune de la région.

Jenifer connaissait toutes les espèces qui vivaient dans le parc : l'élan, le mouflon, les aigles, les faucons, les chauves-souris, les écureuils, le renard, le bison, les coyotes, les loutres, le grizzly, et bien d'autres encore. Sa mère lui avait également beaucoup parlé d'une espèce que l'on *ne* trouvait *pas* dans le parc, ou tout du moins que l'on *n'*y trouvait *plus,* le loup gris.

Au XIXe siècle, les hommes avaient déclaré la guerre aux loups. Ils détestaient les loups parce que ceux-ci chassaient les daims et les élans – que les hommes préféraient chasser eux-mêmes. À l'époque, les ranchers et les fermiers venaient tout juste de s'installer dans le Montana. Redoutant que leurs troupeaux de vaches et de moutons ne soient décimés, ils avaient traqué les loups à coups de carabine et les avaient empoisonnés. Si bien que le loup gris avait fini par disparaître complètement de l'État du Montana et de tout l'ouest des États-Unis.

Jenifer avait conscience que les loups n'étaient pas inoffensifs. Ils étaient de redoutables prédateurs. Mais c'était justement pour cette raison que leur présence était indispensable à Goldenrock.

Les animaux et les plantes formaient une grande chaîne, avait expliqué Norma à ses filles. Chaque maillon de la chaîne, aussi petit fût-il, avait un rôle important à jouer dans l'écosystème. Les loups étaient les premiers prédateurs de la chaîne alimentaire. Ils empêchaient les populations d'élans, de cerfs et de mouflons de devenir trop envahissantes. Sans eux, l'équilibre de la nature était perturbé. Voilà pourquoi il fallait absolument les faire revenir dans le parc.

Jenifer donna un coup de coude à Samantha :

– Tu as fini ta pancarte pour la manif ?

La fillette se racla la gorge.

– Euh… non, répondit-elle en faisant une drôle de tête.

– Ce n'est pas grave. Cora et moi, on en a fait plusieurs. On t'en prêtera une, si tu veux.

– Jenifer, il faut que je te dise quelque chose, marmonna Samantha en se penchant en avant pour caresser Baxter.

– Oui, quoi ?

– Euh…

Samantha s'était redressée et regardait les arbres défiler le long de la route.

Jenifer attendit un instant, puis se souvint qu'elle avait aussi quelque chose d'important à dire.

– Tu sais quoi ? s'écria-t-elle d'une voix excitée en attrapant le bras d'Anya. Maman m'a dit qu'on pourrait peut-être voir les loups quand ils arriveront dans le parc ! Elle est en train de construire un enclos avec ses collègues. Ils les y mettront pendant quelque temps avant de les lâcher dans les bois. Mais Maman m'a bien prévenue qu'il ne faudrait pas trop s'approcher, parce que les loups ont peur des humains.

Samantha se tourna vers son amie et la considéra d'un air étonné :

– Tu parles comme si c'était sûr et certain que les loups allaient être réintroduits dans la réserve.

– Mais c'est sûr ! insista Jenifer.

Anya intervint en secouant la tête :

– Ma chérie, tu sais très bien qu'aucune décision officielle n'a encore été prise.

Jenifer le savait, effectivement. Les gens qui souhaitaient le retour des loups à

Goldenrock – comme sa mère et sa tante Anya – militaient depuis des années. Le combat avait commencé avant la naissance de Jenifer, et il n'était pas encore gagné.

Les défenseurs des loups menaient une lutte sans relâche pour convaincre l'opinion publique qu'il était primordial de ramener ces animaux dans le Montana. Au fil des ans, des New-Yorkais et des gens habitant dans de grandes villes comme Cincinnati ou Seattle étaient peu à peu tombés amoureux des loups et s'étaient mobilisés afin de forcer le gouvernement à les réintroduire à Goldenrock.

La plus vive opposition émanait de ceux qui devraient vivre à proximité des loups – dans le Montana, le Wyoming et l'Idaho. La plupart des ranchers et des fermiers craignaient que les loups ne s'attaquent à leurs bêtes. Et certains parents avaient peur que leurs enfants ne se fassent croquer !

Parfois, Jenifer trouvait les adultes stupides. Les loups ne s'en prenaient pas aux hommes, et très rarement au bétail. Sa sœur et elle avaient créé « Les enfants en faveur des loups » pour informer correctement les jeunes de Gateway.

S'occuper de l'association n'était pas toujours une partie de rigolade. Jenifer et Cora passaient des heures et des heures enfermées chez elles à rédiger des communiqués de presse et à les taper à l'ordinateur, à téléphoner à droite et à gauche, à peindre des pancartes et des banderoles pour les manifestations. Parce que Cora était l'aînée – elle avait quatorze ans –, elle s'imaginait tout savoir et se montrait souvent un peu trop autoritaire. Jenifer acceptait un temps les ordres de sa sœur, mais, invariablement, elle finissait par s'énerver, et les séances de travail dégénéraient en disputes.

En général, cependant, Cora était une grande sœur plutôt agréable. Jenifer était fière de leurs efforts, et contente de soutenir le combat pour les loups.

– Ce n'est pas encore sûr-sûr, admit-elle, mais, en tout cas, nous ne baisserons pas les bras tant que les loups ne seront pas de retour à Goldenrock. Et un jour, bientôt, ils seront enfin là.

– Tu sais, mon frère..., commença Samantha.

Mais elle fut interrompue par la stridulation du téléphone portable d'Anya.

Sans quitter la route des yeux, la vétérinaire s'empara de son mobile et l'ouvrit d'un mouvement sec du poignet.

– Allô ? Ah, bonjour, monsieur Tobias. Que se passe-t-il ?

Les deux fillettes se regardèrent.

M. Tobias était le propriétaire d'un ranch d'une cinquantaine d'hectares, situé à trente kilomètres environ de Gateway. Il n'y habitait pas en permanence et il n'élevait pas de bétail, car il travaillait à Los Angeles. Mais il avait plusieurs chevaux : la famille Tobias pratiquait l'équitation.

– Mmm, hmm, mmm, hmmm, faisait Anya dans l'appareil. Heureusement que vous avez pu me joindre. Je suis sur la route, j'arrive tout de suite.

Sur quoi, elle referma son téléphone.

– Une urgence chez M. Tobias.

Elle ralentit, puis fit demi-tour.

– L'une de ses juments est malade. Désolée, les filles, il faut qu'on y passe avant d'aller chez l'éleveur.

– Pas de problème, répondit sa nièce.

Elle avait hâte d'aller chercher Rufus, mais regarder sa tante travailler était toujours un plaisir. Rufus pouvait bien attendre une heure ou deux. Pas la jument malade.

– Super ! s'exclama Samantha. Mon père dit que M. Tobias a les plus beaux chevaux de la vallée. Ça fait des siècles que j'ai envie de les voir !

3

Elles traversèrent Gateway dans l'autre sens, puis se dirigèrent vers l'ouest. Après avoir parcouru une trentaine de kilomètres, Anya passa sous une arche en fer forgé portant le nom du ranch, « Notre deuxième chez-nous ». Les gravillons blancs de l'allée crissaient sous les pneus du 4x4.

Le soleil filtrait à travers les rangées de cèdres qui bordaient le chemin. Au bout de plusieurs centaines de mètres, la voie privée déboucha sur une vaste cour pavée où se dressaient une immense maison blanche ainsi qu'une écurie entourée d'arbres et de haies en fleurs.

– Magnifique ! s'écria Anya.

– Ouais, mais où sont les chevaux ? demanda Samantha avec impatience.

– Là, fit Anya.

Elle tendit le doigt tout en roulant au pas.

Six pur-sang arabes paissaient dans un pré derrière l'écurie. L'herbe nouvelle, d'un vert tendre, était parsemée de petites fleurs blanches. À coups de queue, les chevaux chassaient les insectes bourdonnant autour d'eux. Une jument grise s'avança d'un pas gracieux ; ses muscles ondulaient sous sa robe luisante.

Jenifer savait que les pur-sang arabes étaient souvent élevés pour la course. Ils avaient une petite tête, une longue encolure et des épaules vigoureuses. Même lorsqu'ils étaient au repos, on devinait qu'ils étaient rapides. Et chers. Un pur-sang de bonne lignée se vendait plusieurs millions de dollars.

– Oh…, s'émerveilla Samantha. Ils sont superbes !

– Ils ont beaucoup de classe, en effet, approuva Anya. Et ils sont probablement aussi intelligents qu'ils sont beaux.

Devant l'écurie, elle coupa le contact du pick-up.

M. Tobias, un homme de petite stature, les attendait dans la cour. Ses abondants cheveux gris étaient peignés à l'arrière. Il portait un jodphur impeccablement repassé, rentré dans de belles bottes d'équitation immaculées.

– Daphné va de plus en plus mal, déclara-t-il d'emblée, sans même dire bonjour. Faites vite, je vous en supplie !

Anya sauta à bas du véhicule et prit le sac rouge à l'arrière.

Baxter se faufila sous le châssis, à la recherche d'un coin ombragé. M. Tobias guida Anya jusqu'aux écuries. Jenifer dut presque courir pour les rattraper. Samantha, elle, s'attarda auprès d'un poulain blanc dont la tête dépassait du premier box.

– J'ai téléphoné à mon palefrenier en chef, dit M. Tobias. Il est parti faire un pique-nique. Il m'a conseillé d'enfermer Daphné jusqu'à ce que vous arriviez, au cas où elle aurait une maladie contagieuse. Je ne comprends pas ce qui lui arrive ! Elle était en pleine forme, ce matin. J'étais en train de la seller pour partir en balade quand elle a commencé à se comporter bizarrement.

– Comment ça, « bizarrement » ? demanda Anya.

– Venez voir par vous-même.

M. Tobias ouvrit le portillon d'un grand box, à l'intérieur duquel se trouvait une jument alezane aux flancs couverts d'écume. Ses paupières étaient enflées ; ses yeux noirs n'étaient plus que de minces fentes. Elle inclina néanmoins la tête d'un côté puis de l'autre pour essayer de voir ses visiteurs.

– Oh, mon Dieu ! s'exclama son propriétaire. En dix minutes, son état a encore empiré ! Regardez ça ! Qu'est-ce que c'est ?

– De l'urticaire, diagnostiqua rapidement Anya.

– C'est grave ?

– Ça peut l’être. Si l’éruption a gagné la gorge, elle peut suffoquer.

– Pauvre beauté ! s’apitoya Samantha en s’approchant.

Daphné se cabra et martela sauvagement le sol de ses sabots.

– Écartez-vous, les filles, ordonna la vétérinaire. Elle est très énervée.

Sa nièce recula et se plaqua contre la porte du box vide en face de celui de Daphné. Elle ne parvenait pas à quitter des yeux la bouche de la jument.

De gros boutons déformaient la chair tendre autour des lèvres de l’animal. Ses flancs étaient également couverts de boursouflures. Les naseaux du cheval frémissaient. Son poitrail tremblait : il haletait.

– Elle commence à s’étouffer ! s’écria Jenifer.

– Je sais, fit Anya.

Elle sortit du box et regarda autour d’elle.

Jenifer devinait ce que sa tante cherchait : un produit chimique. Le cheval avait pu avaler de l’engrais ou de la mort-aux-rats.

Certains ranchers entreposaient toutes sortes de choses dangereuses dans leurs écuries. Celles de M. Tobias étaient cependant d'une propreté et d'un ordre irréprochables. Aucun outil, aucun bidon ne traînait nulle part.

– Vous avez changé quelque chose dans la nourriture de vos chevaux ? demanda Anya. Daphné fait peut-être une allergie à un nouvel aliment.

M. Tobias secoua la tête :

– Non. Mon palefrenier part du principe que les chevaux n'aiment pas le changement. Daphné a eu son petit déjeuner habituel, j'en suis sûr. Et on a dû le lui servir à la même heure que d'habitude.

La jument balança la tête et émit un faible hennissement plaintif. À l'évidence, elle était terrifiée. « Il y a de quoi ! » songea Jenifer en imaginant sa propre gorge gonflée par une éruption d'urticaire. À cette idée, un frisson la parcourut.

– Elle est restée à l'écurie après avoir mangé ? s'enquit la vétérinaire.

– Non, bien sûr que non, répondit

M. Tobias. Chez moi, les chevaux ne passent pas la journée entre quatre murs. Elle était dans le paddock jusqu'à ce que je demande au palefrenier de la rentrer.

– Dans le paddock…, répéta Anya en plissant le front. Est-ce qu'il y a des abeilles ou des guêpes dans vos prés ?

– Des abeilles, oui. Par centaines. Nous avons plusieurs ruches. Nous fabriquons un peu de miel. Apparemment, les abeilles raffolent des fleurs des champs qui poussent par ici.

– Daphné doit être allergique aux piqûres d'abeilles.

Anya posa son sac par terre et fouilla dedans à la recherche d'un scalpel.

– Qu'allez-vous lui faire ? s'écria Samantha en écarquillant les yeux.

– Je vais peut-être être obligée de pratiquer une trachéotomie.

– Vous voulez dire… que vous allez lui ouvrir la gorge ?

M. Tobias était devenu pâle.

– Oui. Si vous préférez partir…

– Non, non, je reste.

Le propriétaire de Daphné s'approcha, visiblement résolu à se montrer courageux.

Anya se remit à fouiller dans le cabas. Elle en sortit une seringue et leva les yeux vers Jenifer :

– Tu peux aller me chercher des stéroïdes dans la voiture, s'il te plaît ?

– J'y vais !

Jenifer détala comme un lapin et fonça jusqu'au pick-up. Parmi les flacons alignés sur le plateau, elle trouva celui que sa tante lui avait réclamé. Baxter la dévisageait avec curiosité. Puis elle retourna en courant au box, où tout le monde l'attendait.

Sans perdre un instant, Anya tira le piston de la seringue et l'emplit de stéroïdes.

Quand elle s'approcha de Daphné, la jument tressaillit. De voir la pauvre bête chercher l'air désespérément, Jenifer se sentait elle-même suffoquer. Samantha avait les larmes aux yeux. M. Tobias porta une main devant sa bouche.

La vétérinaire caressa doucement l'encolure du cheval tout en lui murmurant des paroles rassurantes. D'un geste habile, elle pressa un pouce sur sa gorge. Jenifer vit saillir la veine jugulaire.

Anya plia les doigts et frappa plusieurs fois la robe brun rouge de la jument pour que la bête ne soit pas surprise par la piqûre. Puis elle enfonça l'aiguille dans la veine, relâcha son pouce et injecta lentement les stéroïdes.

Elle s'empara ensuite d'un stéthoscope pour écouter le cœur et les poumons de l'animal. Enfin, elle prit sa température.

– Jusque-là, pas de complications, déclara-t-elle en se glissant hors du box.

– Qu'est-ce qu'on fait, maintenant ? demanda Samantha.

– On attend, répondit la vétérinaire d'une voix tendue.

Jenifer demeurait immobile, le cœur battant, à observer Daphné. Le cheval paraissait légèrement apaisé, mais ses naseaux frémissaient toujours – signe de peur. Intérieurement, Jenifer se prépara à aider sa tante au cas où celle-ci déciderait de pratiquer la trachéotomie.

Durant cinq bonnes minutes, tout le monde surveilla Daphné, dans l'attente d'une évolution de son état. Au bout d'un moment, Jenifer eut l'impression que la jument respirait plus facilement et que les cloques avaient diminué de volume. Néanmoins, elle se garda bien de se réjouir trop vite.

« Je m'imagine peut-être qu'elle va mieux parce que j'ai envie qu'elle aille mieux », se dit-elle.

Anya s'avança vers la jument et lui passa une main sur le flanc. Puis elle se tourna vers M. Tobias et les deux fillettes. Un sourire se dessina sur son visage :

– Elle est hors de danger.

4

Une demi-heure plus tard, Daphné paraissait remise. Elle respirait normalement.

Anya lui tapota la croupe avec un air satisfait :

– Si on oublie ces horribles pustules, elle est splendide.

– C'est la plus belle, affirma M. Tobias, ému.

Jenifer était heureuse. Sans l'intervention de sa tante, Daphné serait sans doute morte. Par chance, elles étaient arrivées au ranch à temps.

– Heureusement qu'on n'était pas toutes seules, cette fois, chuchota-t-elle à Samantha. On n'aurait rien pu faire.

– C'est sûr, lui répondit Samantha à voix basse. Ça, c'est le genre de cas qui nous dépasse.

– Je vais désinfecter les piqûres à l'alcool, dit Anya à M. Tobias. Ensuite, j'y appliquerai un peu de bicarbonate de soude, pour calmer les démangeaisons. Je vous en laisserai. Au besoin, votre palefrenier en remettra à Daphné demain matin. Mais je ne pense pas que ce sera utile.

– Très bien, acquiesça joyeusement M. Tobias.

Tous quatre se dirigèrent vers la voiture d'Anya, où elle prit un bidon d'alcool et de la pâte de bicarbonate de soude. M. Tobias la remercia, prit congé, et partit à la recherche de son jardinier pour le prier d'arracher au plus vite les fleurs du paddock.

Jenifer tint la tête de Daphné pendant qu'Anya lui passait à l'éponge de l'alcool sur les naseaux, sur les jambes et les flancs.

La jument eut un mouvement de surprise quand le liquide froid lui coula sur la peau, mais elle se laissa soigner sans rechigner. Elle comprenait sûrement qu'on ne lui voulait que du bien.

Anya étala ensuite une épaisse couche de bicarbonate de soude sur les piqûres d'abeilles, puis elle recula d'un pas pour examiner Daphné.

– Elle est un peu moins jolie, comme ça, observa-t-elle en grimaçant.

La robe alezane de la jument était maculée de taches blanches.

Samantha, qui suivait les opérations de l'extérieur du box, éclata de rire :

– Et vous ? Vous vous êtes vue ?

Anya baissa les yeux sur ses vêtements et émit un grognement. Son jean blanc était moucheté de boue jusqu'aux genoux, son T-shirt rose constellé de bicarbonate.

– Tant pis ! dit-elle en riant. Chez l'éleveur, tout le monde saura que je suis vétérinaire.

Après avoir dit au revoir à Daphné, les

filles reprirent place à bord du 4x4. Lorsque le pick-up repassa par Gateway, la ville était un peu plus animée. Une douzaine de voitures et de camions étaient garés devant *La cuillère de bois*, un restaurant où l'on servait un énorme breakfast pour 1,99 $[1].

– Maine, déchiffra Samantha sur une plaque d'immatriculation.

– Eh bien, ils en ont fait, du chemin, pour venir chez nous ! commenta Anya.

Il n'y avait toutefois rien d'étonnant à cela : le parc national de Goldenrock attirait des touristes des quatre coins du pays.

Elles avaient traversé la moitié de la ville lorsque Anya braqua brusquement le volant sur la droite pour s'engager sur le parking des bureaux du shérif.

– Puisque nous sommes là, allons voir ce que Rose me veut, dit-elle en se garant sur un emplacement marqué RÉSERVÉ.

Jenifer se retint de rouspéter. À présent, il lui tardait d'arriver chez l'éleveur. Et voilà

1. Environ 1,60 euro.

que sa tante prenait tout son temps pour régler ses affaires !

– Vous restez dans la voiture, les filles ? demanda Anya en ouvrant sa portière.

Baxter sauta du pick-up et s'assit sur le bitume.

– Oui, on t'attend ici, répondit Jenifer.

« Comme ça, elle se dépêchera », pensa-t-elle.

Mais Samantha avait déjà déverrouillé sa portière.

– J'ai soif, dit-elle. Je vais en profiter pour aller boire un verre d'eau.

– Bon, je viens avec toi, soupira Jenifer, qui n'avait pas envie de rester toute seule.

Dans le bâtiment qui abritait les services du shérif, Samantha monta les quelques marches en haut desquelles se trouvait une fontaine d'eau fraîche. Anya, Baxter et Jenifer se rendirent directement à l'accueil. Rose, l'adjointe du shérif, était assise derrière un bureau, penchée au-dessus d'un document, stylo en main. Petite et menue, elle avait le teint mat et de longs cheveux noirs attachés en queue de cheval. Les autres bureaux étaient inoccupés.

– Bonjour, Rose, lança Anya. J'ai eu votre message. Vous vouliez me voir ?

Rose les salua, puis elle recula sa chaise et tira doucement un vieux carton de sous son bureau.

– Je l'ai trouvé au bord de la route, dit-elle. J'ai pensé que vous sauriez quoi en faire.

Anya s'avança pour regarder dans la boîte, imitée par Jenifer.

– Oh, fit-elle d'un air attendri.

Un minuscule chiot, pas plus gros qu'une balle de base-ball, était couché au fond de la caisse, sur une épaisseur de serviettes en papier. Sa fourrure blanche était tout emmêlée. Des oreilles tombantes encadraient ses yeux ourlés de noir. Le bébé chien respirait avec peine ; la pointe de sa langue rose dépassait de son museau.

– Où l'avez-vous trouvé ? demanda Anya.

– Sur l'aire de repos, à la sortie de la ville, répondit Rose. Il y en avait toute une portée. Ses frères et sœurs étaient morts, malheureusement. Sur le coup, j'ai cru que lui aussi. Mais, quand j'ai approché la main, il me l'a léchée.

Jenifer bouillonnait de colère.

– Les gens sont vraiment cruels ! explosa-t-elle. Comment peut-on abandonner des chiots aussi petits ?

L'adjointe du shérif battit des paupières :

– Je comprends ce que tu ressens.

Anya posa une main sur la tête de sa nièce. Baxter leva vers elle des yeux graves. Jenifer inspira profondément. « Ça ne sert à rien de s'énerver », se raisonna-t-elle.

Samantha pénétra dans la pièce à l'instant même où Anya soulevait délicatement le chiot. Baxter tendit sa grosse truffe pour le renifler. Subitement, il poussa un jappement si retentissant que Rose sursauta.

– Ça suffit ! Couché ! ordonna sa maîtresse en le menaçant de la main.

À contrecœur, le basset s'aplatit sur le sol.

– D'où vient ce bout de chou ? murmura Samantha.

– Il a été abandonné sur l'aire de repos, lui expliqua tristement Jenifer.

Puis elle se tourna vers sa tante, qui tenait le chiot à hauteur de ses yeux et l'examinait rapidement sous toutes les coutures.

Le petit chien se laissait manipuler sans protester. Il agita même faiblement la queue.

– Il vient à peine d'ouvrir les yeux, constata Anya en soupirant. Il ne doit pas avoir plus de deux semaines.

Jenifer était atterrée. Celui qui s'était débarrassé de la portée n'avait même pas attendu que les bébés soient assez grands pour se débrouiller sans leur mère ! Les plus faibles n'avaient pas survécu longtemps…

– Ce pauvre petit être va avoir besoin de soins constants pendant quelques semaines, sinon, il mourra.

Avec un regard consterné, Anya passa un doigt sur la minuscule tête du chiot.

« Elle va l'emmener à la clinique », songea Jenifer avec soulagement. Le petit rescapé n'aurait pu tomber entre de meilleures mains !

Anya poussa cependant un soupir affligé, et Jenifer se sentit de nouveau assaillie par l'angoisse.

– Je crains de ne pas avoir le temps de m'occuper de lui, murmura la vétérinaire à regret. Nous sommes en pleine période de vaccination. Tous les ranchers dans un rayon de cent kilomètres comptent sur moi pour immuniser leurs troupeaux dans les jours à venir. Vous ne voulez pas l'adopter, Rose ?

L'adjointe du shérif secoua la tête mélancoliquement mais fermement :

– Hélas ! ce n'est pas possible. Mon bébé me donne déjà bien assez de travail. Si on l'amenait à la SPA de Billings ?

– Ils n'ont pas suffisamment de personnel pour prendre en charge un chiot aussi jeune. Ils le piqueraient. Et ça, je peux le faire moi-même.

– Oh, non ! s'écria Jenifer.

Sa tante se tourna vers elle, puis regarda Samantha, et toutes deux roulèrent les yeux.

Jenifer savait ce qu'elles pensaient : qu'elle s'apitoyait trop facilement. Anya lui avait dit à maintes reprises que, si elle désirait exercer la profession de vétérinaire, elle devrait s'endurcir. Pourtant, Jenifer s'était déjà construit une carapace. Elle avait conscience que sa tante ne pouvait pas donner refuge à tous les chats et chiens perdus du monde. Elle s'était faite à l'idée qu'il fallait parfois abattre les animaux malades. Et elle savait qu'il y avait des gens qui tuaient des bêtes pour se faire de l'argent – c'était ainsi que les ranchers gagnaient leur vie. Le père de Samantha était éleveur de bétail. Sa fille ne voyait rien de mal dans son métier.

« Mais, moi, je n'ai pas grandi dans un ranch », songea Jenifer avec obstination. À la pensée que l'on puisse faire une piqûre à ce chiot pour l'endormir à tout jamais, son cœur se brisait. Aucune créature ne méritait de mourir aussi jeune et aussi tristement.

– Je crains qu'il n'y ait pas d'autre solution, déclara Anya.

– Si ! rétorqua Jenifer. Je vais prendre soin de lui.

– Rufus va déjà te réclamer énormément d'attention.

Rufus… Jenifer réalisa tout à coup que le chiot qu'elle devait aller chercher chez l'éleveur lui était totalement sorti de l'esprit. Soudain, le jeune lévrier lui paraissait complètement irréel. Elle ne l'avait jamais vu ; il était à une heure de route, alors que la petite boule de poils blottie dans les bras de sa tante était là, sous ses yeux. Ce chiot avait besoin d'elle, ses jours étaient comptés.

Sa décision était prise.

– Ce sera lui, mon chien, décréta-t-elle d'une voix ferme. Enfin, s'il ne meurt pas…

5

Samantha arqua les sourcils.

– Tu es sûre ? demanda-t-elle à son amie. Tu es prête à renoncer à ton lévrier pour ce modèle réduit ?

– Certaine, répliqua Jenifer en tendant les bras vers le chiot.

Anya le déposa au creux de ses mains. Le bébé chien tremblait, son cœur battait très fort. Il était tout mou, complètement relâché, comme s'il était profondément endormi, ou très malade. Jenifer l'approcha de sa poitrine.

– Tu m'aideras ? demanda-t-elle à sa tante.

Anya lui sourit.

– Bien sûr, répondit-elle. Mais permets-moi de te donner un conseil : essaie de ne pas t'attacher à lui. Je ne suis pas sûre qu'il tienne le coup.

– D'accord, murmura Jenifer.

En son for intérieur, elle savait toutefois qu'il était trop tard. Elle était déjà tombée amoureuse du chiot.

– Il est froid ! dit-elle.

– Les chiots ne peuvent pas maintenir leur température corporelle tout seuls, lui expliqua sa tante. Normalement, ils se réchauffent au contact du corps de leur mère. Serre-le contre toi, tu lui apporteras la chaleur d'une maman.

Jenifer glissa le chiot derrière la bavette de sa salopette et, d'une main, le maintint contre son ventre.

– Parfait, dit Anya.

– Il me lèche ! rigola Jenifer.

– Il essaye de téter. Retournons à la clinique. Là-bas, nous pourrons le réchauffer correctement et lui donner à manger.

– Au revoir, shérif Rose ! lança Jenifer en se dirigeant avec précaution vers la porte.

– Au revoir ! Donnez-moi des nouvelles du chiot.

– Promis.

Une fois dans le 4x4, Jenifer se renversa contre le dossier de la banquette, de façon que le chiot puisse s'installer confortablement contre son ventre. Le trajet jusqu'à la clinique ne dura que quelques minutes. Anya trouva une place de stationnement juste devant le bâtiment. Jenifer descendit du pick-up. Le petit chien s'était endormi et elle prit garde à ne pas le réveiller en marchant trop vite.

– Première chose : préparer une couveuse, déclara Anya en précédant les filles dans la salle des pensionnaires.

Là, elle sortit des dossiers d'une caisse en bois. Puis elle montra à Jenifer comment plier un coussin chauffant électrique de telle sorte qu'il tapisse le fond et l'une des parois de la boîte. Elle étala ensuite une fine couverture sur le coussin chauffant, et elle la recouvrit d'une couche jetable afin de faciliter le nettoyage de l'incubateur. Enfin, elle déposa un gros thermomètre dans la caisse.

– La température de la couveuse ne doit pas descendre au-dessous de 30 °C, expliqua la vétérinaire.

– Je le mets dedans ? demanda Jenifer.

Anya secoua vivement la tête :

– Pas tout de suite ! Il faut d'abord que sa température remonte. Pour cela, le meilleur moyen, c'est de lui transmettre ta chaleur à toi. Tu peux continuer à le réchauffer ?

Jenifer acquiesça d'un mouvement de tête :

– Bien sûr. Mais tu ne crois pas qu'il a faim ? On ne pourrait pas lui donner un peu de lait ?

– Non, répondit Anya. Pour l'instant, il est frigorifié. Si on lui donne du lait, il va le vomir aussitôt. Je vais plutôt lui préparer de l'eau sucrée. Ça le fortifiera, lui permettant de tenir pendant quelques heures, le temps qu'il se réchauffe.

Anya disparut au fond de la clinique. Quelques minutes plus tard, elle revint avec un carnet, un crayon à papier, un feutre, une seringue, un verre d'eau chaude, une petite balance et un morceau de tube en plastique très fin.

L'estomac de Jenifer se noua.

– Qu'est-ce que tu vas lui faire ? souffla-t-elle.

– Il est trop faible pour boire au biberon. Je vais le nourrir par ce tuyau.

– Ce ne serait pas plus simple d'utiliser un compte-gouttes ? intervint Samantha.

– Trop risqué, répliqua Anya. Il est encore trop petit. Le liquide pourrait couler dans ses poumons et l'étouffer. Regarde bien ce que je fais, Jenifer. La prochaine fois, c'est toi qui t'en occuperas.

En tenant toujours le chiot contre elle, Jenifer rejoignit sa tante devant un comptoir en acier inoxydable.

– Voilà, fit Anya. Nous allons surveiller son poids, de façon à déterminer ses rations de nourriture.

Elle ouvrit le carnet et inscrivit la date et l'heure sur une page blanche.

– Prête-moi ton bébé une minute, dit-elle.

La fillette sortit prudemment le chiot de sous sa salopette. Aveuglé par la lumière, le petit chien cligna des yeux. Il paraissait un peu plus vif qu'il ne l'était dans le bureau du shérif.

Anya le prit et le posa sur la balance. Il gémit plaintivement.

– Ne t'affole pas. J'en ai pour une seconde. Voilà… Pas tout à fait deux cents grammes. Notons son poids.

Elle rendit le chiot à Jenifer et griffonna le chiffre relevé.

Dès qu'il sentit le contact de la peau de sa nouvelle maîtresse, le chiot cessa de pleurer.

– « Aire de repos » te prend pour sa mère, se moqua Samantha.

– Il n'a que moi comme maman, rétorqua Jenifer.

– Écoutez-moi, les filles, dit Anya. Nous le pèserons tous les jours. S'il ne prend pas du poids régulièrement, c'est qu'il y a un problème.

Jenifer hocha la tête, impatiente d'apprendre ce qu'il fallait faire pour que le chiot se rétablisse.

– Maintenant, je vais lui donner sept millilitres d'un mélange d'eau et de glucose, continua Anya. Regarde comment je prépare le tube et la seringue. Quand il sera réchauffé, tu procéderas exactement de la même manière, mais en y mettant du lait.

Elle leva les bras pour prendre un flacon de glucose dans l'un des placards muraux, puis versa quelques gouttes du liquide transparent dans un gobelet gradué qu'elle avait sorti de sous l'évier. Après avoir ajouté une quantité d'eau infime dans le récipient, elle mélangea la préparation.

– C'est tout ? s'étonna Jenifer en se penchant au-dessus du gobelet.

– Environ une demi-cuillerée à café. Son estomac est minuscule. Il ne faut pas le surcharger.

Elle aspira le liquide dans la seringue et plaça celle-ci dans le verre d'eau chaude.

– Repasse-le-moi, dit-elle à Jenifer.

La fillette s'exécuta. Le chiot se remit à émettre de petits sons plaintifs.

– Il ne veut déjà plus quitter sa nouvelle maman, dit Samantha en riant.

Jenifer se força à sourire, bien qu'elle ne fût pas d'humeur à plaisanter. Elle compatissait à la détresse de son protégé. Anya allongea le chiot sur le comptoir.

– L'estomac des chiens est situé juste sous la dernière côte, indiqua-t-elle en se tournant vers les filles.

Puis elle plaqua l'extrémité du tuyau en plastique au niveau de la dernière côte du chiot, bien visible sous son pelage blanc. Elle tendit ensuite le tube jusqu'à sa bouche et le marqua d'un trait de feutre.

Cela fait, elle humecta le bout avec une goutte d'eau sucrée, écarta les mâchoires du chien, et introduisit petit à petit le tuyau derrière sa langue. Le chiot gémit ; Anya continua néanmoins à pousser, et il avala le tube sans beaucoup se débattre.

– Beurk, fit Samantha en plissant le nez.

Jenifer, elle, n'était pas dégoûtée, mais

inquiète. Elle observait sa tante avec attention. La vétérinaire enfonça le tuyau jusqu'à ce que le trait de marqueur soit aligné avec les lèvres du bébé chien. Tout en le tenant d'une main, elle saisit alors la seringue et la fixa au bout du tube.

– Le liquide doit être injecté très lentement, dit-elle. C'est important. Si tu pousses trop vite, il risque de vomir. Ce qui l'affaiblirait, et pourrait même provoquer une pneumonie. Autant éviter d'en arriver là.

Jenifer hocha la tête. Sans un mot, elle regarda sa tante appuyer doucement sur le piston de la seringue. Anya mit environ deux minutes à injecter la totalité de la mixture d'eau et de glucose. Jenifer voyait que l'estomac du chien avait légèrement gonflé. Une si petite quantité de liquide constituait pour lui un gros repas.

Enfin, la vétérinaire retira délicatement le tube et tendit le chiot à sa nièce. Jenifer le serra dans ses bras et lui déposa un baiser sur le front.

– Ça va ?

Le chiot se lécha les babines.

– Je crois que ça veut dire oui ! s'exclama-t-elle. Qu'est-ce qu'on fait, maintenant ?

– Garde-le au chaud, c'est tout.

Les heures suivantes se déroulèrent dans le calme. Anya vaquait à diverses tâches en fredonnant. Jenifer et Samantha firent six parties de dames chinoises, en se moquant complètement de gagner. Pelotonné dans la salopette de sa mère adoptive, le chiot s'était endormi. Plus le temps passait, plus le bras de Jenifer s'engourdissait, malgré l'extrême légèreté de son protégé.

Samantha était en train de disposer les pions pour une septième partie lorsque le téléphone sonna.

Les filles entendirent Anya décrocher dans son bureau :

– Clinique vétérinaire.

Puis elle se tut, à l'écoute de son interlocuteur :

– Oh, bonjour ! Excusez-moi, je vous avais oublié ! reprit-elle. Je suis navrée.

J'espère que vous n'avez pas passé la journée à nous attendre…

Jenifer fronça les sourcils :

– Ça doit être l'éleveur. On n'a pas pensé à lui téléphoner !

– Pourvu qu'il n'ait pas donné ton chiot à quelqu'un d'autre…, chuchota Samantha.

– Chut ! la coupa son amie. Laisse-moi écouter ce que dit Anya.

– Oui, sur une aire de repos.

Tante Anya racontait l'histoire du chiot abandonné. Elle marqua une nouvelle pause avant de poursuivre :

– Je me doute bien que vous avez une liste d'attente, dit-elle enfin sur un ton d'excuse. Les chiens de votre élevage sont réputés pour être magnifiques. Mais pourriez-vous me faire une faveur, s'il vous plaît ? Est-ce qu'il vous serait possible de nous réserver le chiot pendant quelques jours ? Trois ou quatre, pas plus. D'ici là, nous serons fixées…

Anya se leva pour fermer la porte de son bureau et Jenifer ne put entendre la suite de la conversation. Elle avait cependant compris que sa tante n'était pas du tout sûre que le chiot allait survivre.

Samantha changea nerveusement de position.

– Essaie de ne pas te faire trop de souci, dit-elle en croisant le regard peiné de sa copine. Je te parie tout ce que tu veux que tu le garderas.

Jenifer se rendait compte que son amie était aussi inquiète qu'elle. Elle s'efforçait seulement, par gentillesse, de se montrer rassurante. Le timbre de la sonnette interrompit la discussion, au soulagement des deux fillettes.

– J'y vais !

Samantha bondit sur ses pieds et se dirigea vers la porte d'entrée.

Quand elle eut quitté la pièce, Jenifer écarta les bretelles de sa salopette pour regarder le chiot. Il leva la tête vers elle et bougea doucement la queue. Puis il referma les yeux, épuisé par cette dépense d'énergie, pourtant minime.

Jenifer le serra contre son cœur.

– Vis, je t'en supplie, lui murmura-t-elle.

6

Jenifer perçut un cliquètement de clés. Presque au même moment, son père entra d'une démarche dynamique dans la salle de soins, vêtu d'un T-shirt bleu marine et d'un jean délavé. Ses petites lunettes à monture métallique lui donnaient un air sérieux, qui collait bien à son métier : il enseignait le journalisme à l'université du Montana. Samantha le suivait.

– Salut, Papa !

Anya sortit de son bureau :

– Oh, Jack ! Bonjour !

– Bonjour, tout le monde.

Le père de Jenifer fit rapidement une bise sur la joue d'Anya, puis embrassa sa fille.

– Alors, comment ça s'est passé chez l'éleveur ?

Avant que Jenifer n'ait pu ouvrir la bouche, il brandit un sac en papier.

– Regardez ce que je rapporte de Billings !

Et il retira du sac un collier de chien en cuir rouge. Les deux fillettes se regardèrent. Le collier devait avoir un diamètre d'une vingtaine de centimètres ; en tout cas, il était plus large que le corps entier du chiot abandonné.

– Il est réglable, poursuivit Jack en tripotant la boucle du collier. On pourra l'ajuster au fur et à mesure que le chien grandira. Oh, et j'ai aussi acheté des croquettes Big Breed Kibbles. C'est bien celles que tu m'avais recommandées, n'est-ce pas, Anya ?

– Tout à fait. Mais, Jack… Jenifer a changé d'avis…

– Changé d'avis ? répéta Jack en se tournant vers sa fille.

Celle-ci hocha la tête :

– Oui. Je ne prends plus le lévrier.

– Ah bon ? Pourquoi ? Ce matin, au petit déjeuner, tu ne parlais que de lui…

Jack avait une expression à la fois étonnée et soupçonneuse, comme s'il pensait qu'Anya et Jenifer étaient en train de lui faire une blague.

– C'était avant que l'adjointe du shérif nous montre un bébé chien abandonné. Si je ne l'adopte pas, on sera obligé de le piquer.

– On s'apprêtait à lui donner à manger, ajouta Anya.

– Je m'en charge ! proposa Jenifer.

Les yeux de son père s'agrandirent quand elle sortit la minuscule boule de fourrure de sous sa salopette.

– Mon Dieu ! Il n'est pas plus gros qu'un rat des champs.

– Papa !

Jack prit un air contrit.

– Pardon, fit-il. Ce n'était pas une insulte.

Anya se mordit la lèvre pour dissimuler

un sourire ; puis elle s'accroupit près de la chaise de Jenifer.

– On dirait qu'il est en meilleure forme que tout à l'heure. Vous l'avez bien réchauffé, les filles.

– Je crois qu'il a faim, gloussa Jenifer. Il n'arrête pas de me suçoter la peau.

– C'est bon signe, déclara la vétérinaire. S'il pense à manger, c'est qu'il reprend des forces.

Jack suivit Anya des yeux tandis que celle-ci sortait une boîte de lait pour chien et en mesurait la dose appropriée.

Ce fut Jenifer, cette fois, qui inséra le tube en plastique dans la gorge du chien et y vida consciencieusement le contenu de la seringue. L'opération s'avéra moins difficile qu'elle ne le paraissait.

– Je n'avais jamais vu un chien aussi petit, dit Jack en se penchant par-dessus l'épaule de sa fille. De quelle race est-il ?

Jenifer haussa les épaules.

– On dirait un bichon maltais, répondit Anya. Mais, à mon avis, il est coupé. Qui abandonnerait toute une portée de chiens de race ? Les gens sont méchants, mais ils ne sont pas fous ; ils les auraient vendus.

– Il sera grand comment, quand il sera adulte ? demanda Samantha.

– Regarde dans l'encyclopédie, suggéra Anya.

Samantha alla chercher la grosse encyclopédie des chiens à la couverture usée qu'Anya gardait en permanence sur un coin de son bureau. Puis elle se mit à en tourner les pages.

Jenifer reprit le chiot dans ses bras. De nouveau, son estomac avait gonflé. Il posa la tête dans le pli du coude de sa maîtresse et s'assoupit.

– Ah, le voilà ! fit Samantha.

Tout le monde se rassembla autour du livre. Une photo montrait un petit chien au pelage blanc soyeux, aux yeux rapprochés, à la truffe noire, avec une queue à longs poils.

– Un bichon maltais adulte mesure environ vingt-cinq centimètres et pèse dans les quatre kilos, lut Samantha.

Anya approuva de la tête :

– C'est ça. Il aura à peu près la taille d'un caniche nain.

– Et moi qui ai acheté des croquettes spéciales pour grands chiens ! dit Jack. Il ne me reste plus qu'à les rapporter au magasin.

– Je crois que c'est ce que tu as de mieux à faire, effectivement, intervint Anya avec un sourire amusé.

Jenifer jeta un regard en coin à son père. Il avait l'air déçu. Elle savait qu'il se faisait une joie d'accueillir un lévrier irlandais à la maison. Son père aimait les grands chiens. Sa mère aussi. Et sa sœur aussi.

En fait, personne à Gateway n'avait de petit chien. Les habitants du Montana préféraient les chiens de berger, les chiens de chasse et les chiens de troupeaux – autrement dit, les *gros* chiens. Comme Baxter. Le basset-hound était plus lourd que Jenifer. Le bébé bichon devait peser moins qu'une seule de ses oreilles. « Et alors ? » songea Jenifer. Peu lui importait d'être l'unique personne de la ville à avoir un petit chien.

La seule chose qui comptait, c'était que le bébé abandonné ait trouvé un foyer.

– Je suis désolée, Papa, bredouilla-t-elle.

Jack lui adressa un clin d'œil :

– Ne t'en fais pas, ma puce. Si c'est ce chiot que tu as choisi, je n'y vois aucun inconvénient.

La conversation fut interrompue par de violents coups frappés contre la porte de la clinique.

– J'y vais, dit Samantha. La préposée à la porte, c'est moi.

– Et si tu mettais ton protégé dans sa couveuse ? suggéra Anya. Il vaut mieux éviter de trop le remuer pendant qu'il digère son lait.

Jenifer n'avait pas envie de se séparer du chiot. Mais elle commençait à avoir une crampe dans le bras, et elle en avait un peu marre de rester assise.

Elle se leva et plaça délicatement le petit chien dans la caisse. Il se lova aussitôt dans un coin et posa le museau sur ses pattes croisées. Jenifer constata avec satisfaction qu'il avait l'air douillettement installé.

Il s'endormit avant que Samantha ne revienne. Elle était accompagnée d'une adolescente qui semblait avoir environ deux ans de plus que Cora. Ses deux tresses lui donnaient cependant une allure de gamine.

Un jeune homme la suivait. Il avait une drôle de barbiche taillée en pointe. Ses cheveux étaient emmêlés et collés par touffes, comme s'il ne se les était pas lavés depuis longtemps. Il portait un vieux jean lustré de crasse.

Samantha tendit la main vers Anya :

– Voici la vétérinaire.

La fille poussa un énorme soupir :

– Ouf ! Heureusement que vous êtes là. Nous avons une urgence.

– Un animal malade ? s'enquit Anya.

– Oui, répondit le garçon. Mais pas un animal banal. Nous l'avons trouvé dans la montagne.

– Quel animal ? voulut savoir Anya. Où est-il ?

– À l'arrière de notre minibus, dit la fille. C'est un oiseau. Un gros oiseau.

– Allons voir ça.

Le groupe sortit précipitamment de la clinique. Un minibus Volkswagen à la carrosserie blanche poussiéreuse était garé en face du bâtiment, de l'autre côté de la rue. Le garçon fit coulisser l'une des portières. Anya regarda brièvement dans l'habitacle, puis ressortit la tête.

– Qu'est-ce que c'est ? demanda-t-elle sur un ton légèrement alarmé.

Le jeune homme haussa les épaules :

– Un aigle. Ou un faucon. Je ne sais pas trop.

– Bon, transportons-le à l'intérieur.

Le garçon grimpa dans le minibus ; Anya fit de même. Un instant plus tard, l'adolescent redescendait du véhicule à reculons en tenant une forme volumineuse enveloppée dans une toile de tente en nylon bleu.

Anya sortit à son tour du minibus en portant le paquet par l'autre côté.

– Vous avez besoin d'aide ? demanda Jack.

– Non, merci. C'est bon.

Ils traversèrent la chaussée à pas prudents, puis montèrent les marches de la clinique. La fille les devança en courant pour leur ouvrir et leur tenir la porte.

Jenifer était déjà sur le perron de la clinique quand Samantha l'appela depuis le trottoir.

– Je dois rentrer, dit-elle. J'ai promis à mon père que je serais de retour à deux heures, et il est déjà deux heures et demie.

– Quoi ? Tu veux partir *maintenant ?*

Il aurait fallu qu'une soucoupe volante se pose dans la rue pour que Jenifer renonce à voir ce qui était emballé dans la tente bleue !

– Je n'ai pas le choix. Il faut absolument que j'y aille.

Samantha paraissait mal à l'aise. Peut-être avait-elle peur de se faire gronder par son père, qui piquait parfois de redoutables crises de colère.

Le ranch des Russell était grand et demandait beaucoup de travail. Le père de Samantha comptait sur l'aide de ses enfants. Chaque jour, Samantha s'acquittait d'une longue liste de corvées. Il en allait de même pour son frère aîné, Clem.

Jenifer connaissait des enfants qui détestaient la vie de ranch. Qu'il fasse un froid de canard ou une chaleur torride, que ce soit Noël ou un jour d'anniversaire, les bêtes nécessitaient une attention quotidienne. Dans un élevage de bétail, il n'y avait pas un seul jour de repos.

Samantha, pour sa part, ne se plaignait jamais. Elle aimait le ranch de sa famille. Et elle était très proche de son père et de son frère, surtout depuis que sa mère était décédée d'un cancer, deux ans plus tôt.

Jack posa une main sur son épaule.

– Je te raccompagne, si tu veux, proposa-t-il. Je ne peux pas rester plus longtemps, moi non plus.

– J'ai mon vélo, fit Samantha à regret.

– Ce n'est pas un problème. On le mettra à l'arrière du camion.

– D'accord. Merci, monsieur Sullivan ! s'écria la fillette.

En voiture, elle serait chez elle en dix

minutes. En vélo, elle aurait mis une bonne demi-heure à regagner le ranch.

Jenifer se dandinait avec impatience, pressée de découvrir le nouveau patient de sa tante.

– La manif commence à quatre heures, lança-t-elle à son amie, qui se dépêchait de charger sa bicyclette. Rendez-vous sous la voûte d'entrée du parc. À tout à l'heure, Papa !

7

Jenifer rejoignit Anya et les deux jeunes gens dans la clinique. L'oiseau, toujours enveloppé dans la toile de tente, était posé sur la table d'auscultation. La vétérinaire et les adolescents se tenaient autour.

– Alors ? fit Jenifer.

– On attend ta mère, répliqua Anya. Ce cas relève plus de ses compétences que des miennes. Je viens de lui passer un coup de fil. Elle sera là d'une minute à l'autre.

Puis elle reporta son attention sur le jeune couple.

– Où l'avez-vous trouvé ? demanda-t-elle.

– Au bord de la rivière, répondit le garçon. On fait du canoë et on campe dans le parc.

– On descendait tranquillement un passage peu profond quand on l'a aperçu, précisa la fille. On a pagayé jusqu'à la rive pour mieux le voir. Nous nous sommes approchés vraiment très près de lui, et il ne s'est pas envolé. C'est ce qui nous a mis la puce à l'oreille : on s'est dit qu'il devait être blessé.

– Angie, enchaîna le garçon en désignant sa copine de la main, voulait absolument qu'on lui porte secours. Je l'ai donc chargé dans le canoë, et nous avons remonté la rivière à contre-courant.

– Un type que nous avons croisé sur la berge nous a fait remarquer qu'il avait des serres très pointues et que nous devrions nous méfier. C'est pour ça qu'on l'a mis dans notre tente, ajouta la fille.

– Sage précaution, approuva Anya.

La porte s'ouvrit pour livrer passage à Norma, tout essoufflée. Vêtue de l'uniforme vert du personnel des parcs nationaux, elle avait les clés de son camion à la main. Anya et elle se ressemblaient comme deux gouttes d'eau, à cette différence près que Norma attachait toujours ses longs cheveux bouclés en queue de cheval.

– Quel est le problème ? demanda-t-elle.

– Je ne sais pas exactement, répliqua Anya. On t'attendait.

Norma contourna la table pour examiner la forme immobile dissimulée sous la tente.

– Eh bien, fit-elle, quelle que soit la bête qui se cache là-dessous, elle ne bouge pas beaucoup.

– Non.

– Bon, dit Norma en reprenant sa respiration, nous allons attacher notre patient, au cas où il essaierait de nous fausser compagnie. Tu as des gants ?

– Dans la salle des pensionnaires.

– Je vais les chercher, proposa Jenifer.

Elle se précipita vers le couloir. Dans la salle des pensionnaires, elle ouvrit un tiroir, dont elle éparpilla le contenu avant de trouver une paire de gants épais. Elle retourna en courant dans la salle de soins.

Entre-temps, Norma et Anya s'étaient mises d'accord sur la manière de procéder.

– OK, ma puce, nous allons avoir besoin de ton aide, dit Norma sur un ton directif. Enfile ces gants, s'il te plaît. Anya va sortir l'oiseau de la tente. Dès qu'elle aura découvert ses serres, attrape-les et tiens-les fermement. Tu penses que tu en es capable ?

– Bien sûr !

Jenifer était enchantée de pouvoir se rendre utile. En participant à l'action, elle n'en manquerait aucun détail. De plus, elle était contente que sa mère lui fasse suffisamment confiance pour lui demander de coopérer au sauvetage d'un animal sauvage.

Elle mit les gants, puis elle inspira profondément avant de venir se poster devant la table, au côté de sa mère. Elle ne quitta pas Anya des yeux tandis que celle-ci dégageait prudemment le pan de tente coincé sous le corps du rapace.

Des pattes robustes apparurent, pourvues de longues griffes noires. Le cœur battant, Jenifer se pencha en avant et en saisit une dans chaque main.

Norma plaça aussitôt ses mains de part et d'autre de l'oiseau, plaquant ses ailes contre son corps.

Jenifer resserra sa prise autour des serres du rapace, persuadée qu'il allait se débattre. Mais il n'opposa aucune résistance. Sa mère lui cachant la créature, elle se contorsionna pour essayer de la voir.

– C'est un aigle à tête blanche ? chuchota-t-elle.

– Oui, confirma Anya en contournant la table afin d'examiner l'oiseau sous tous les angles.

Lors de randonnées en famille dans le parc de Goldenrock, Jenifer avait eu l'occasion de découvrir quelques nids appartenant à des aigles. Souvent, elle apercevait ces grands rapaces planant majestueusement dans le ciel. Un jour, elle avait vu un aigle descendre en piqué sur plusieurs centaines de mètres, plonger dans la rivière à une vitesse hallucinante et en émerger avec un poisson frétillant. Mais elle n'avait encore jamais eu la chance d'observer un aigle de si près.

– Qu'est-ce qu'il est grand ! murmura-t-elle.

– Qu'est-ce qu'*elle* est grande, rectifia Anya. Je crois que c'est une femelle. En règle générale, les femelles sont plus grandes que les mâles. Elle doit avoir une hauteur de près d'un mètre, et une envergure de plus de deux mètres cinquante.

Des plumes d'un blanc crémeux recouvraient la tête de l'oiseau. « D'où son nom », songea Jenifer. Le reste de son plumage – à l'exception de sa queue, blanche également – était marron foncé et son bec, d'un jaune lumineux. L'aigle tourna la tête pour suivre les mouvements d'Anya de ses petits yeux pâles. Son corps semblait paralysé.

– Est-ce qu'elle a tenté de vous donner des coups de griffes quand vous l'avez soulevée? demanda Anya au jeune couple, qui s'était écarté de la table d'auscultation.

– Non, répondit le garçon. Elle avait l'air sonnée.

– On avait l'impression qu'elle essayait de se réveiller d'un cauchemar, précisa Angie à voix basse. Vous voyez ce que je veux dire?

Anya acquiesça de la tête.

– Vous allez pouvoir la soigner? demanda le garçon d'une voix rauque.

– Je ne sais pas, avoua Anya. Je vais lui faire des radios et passer des tests. En tout cas, merci de nous l'avoir amenée.

Sur quoi, elle leur proposa de lui téléphoner le lendemain dans la matinée pour prendre des nouvelles de l'aigle. Les adolescents s'en allèrent. Jenifer attendit que la porte se soit refermée derrière eux pour poser la question qui lui brûlait les lèvres:

– Qu'est-ce qu'elle a?

– Il est encore trop tôt pour que je puisse établir un diagnostic, déclara Anya. Essaie de la lâcher…

Jenifer ouvrit lentement les doigts. L'aigle demeura immobile.

Norma éloigna ses mains du corps de l'oiseau et se redressa en faisant signe à sa fille de s'éloigner.

Anya pinça vigoureusement l'un des doigts de l'oiseau. Il ne manifesta aucune réaction, à la plus grande surprise de Jenifer.

– Elle ne sent pas ses extrémités, constata Anya.

– Elle a sûrement une lésion au niveau de la moelle épinière, intervint Norma.

Jenifer savait que la moelle épinière assurait la transmission des informations entre le cerveau et le corps. Les pattes de l'aigle envoyaient des messages au cerveau pour lui dire qu'elles étaient pincées, mais le cerveau ne recevait pas les signaux.

– Elle n'a pas non plus bougé les ailes, observa Jenifer.

– J'ai remarqué, dit Anya. Elle est sûrement blessée au cou. Elle a dû heurter quelque chose dans son vol.

Norma fit un geste impatient :

– À mon avis, on lui a plutôt tiré dessus.

Le cœur de Jenifer chavira.

– Qui tirerait sur un aigle ? s'écria-t-elle.

– Un imbécile, répondit sa mère sur un ton furieux.

– Elle saignerait, non, si elle avait reçu une balle ? demanda Jenifer.

– Pas forcément, répondit Anya en écartant les plumes de l'aigle à la recherche d'une blessure.

Norma s'avança pour l'aider.

– Les aigles ont un plumage extrêmement épais, qui peut cacher une plaie, précisa-t-elle.

Les deux femmes poursuivirent leur inspection, soufflant parfois délicatement sur les plumes du rapace pour entrevoir sa peau. Elles veillaient cependant à ne pas approcher leur visage de la tête de l'aigle, afin d'éviter un coup de bec... Affûté comme un rasoir, celui-ci semblait en état de fonctionner.

Jenifer priait silencieusement pour que sa mère et sa tante ne trouvent rien. Pauvre aigle blessé... Elle préférait qu'il ait heurté un poteau téléphonique. L'idée que quelqu'un ait pu délibérément faire du mal à un oiseau aussi beau était insoutenable.

Norma avait expliqué à ses filles que les aigles étaient une espèce menacée dans le Montana. Il n'y avait pas plus d'une dizaine de couples d'aigles qui nichaient aux alentours de Gateway ; et il restait seulement cent vingt couples dans tout l'État. Chaque spécimen jouait un rôle capital dans la survie de son espèce. C'est pourquoi il fallait à tout prix sauver celui qui gisait sur la table d'auscultation.

– Ah, voilà, fit sombrement Anya en indiquant une minuscule entaille à la base du crâne de l'oiseau. On dirait effectivement un impact de balle.

« Quelqu'un a bel et bien tiré sur le rapace ! » songea Jenifer, révoltée.

– On peut faire quelque chose pour la soigner ? intervint-elle.

– On va essayer, murmura Anya.

Avec l'aide de Norma, elle transporta l'aigle jusqu'à la salle de radiologie. Jenifer attendit dans le couloir. Quand Anya eut terminé de radiographier le rapace, elle entrebâilla la porte et invita la fillette à entrer. Jenifer observa comment sa tante développait les radios. Quelques minutes plus tard, les deux femmes examinaient les clichés. Jenifer se balançait impatiemment sur ses talons tandis que sa mère et sa tante regardaient les radios en silence.

– Alors ? lança-t-elle au bout d'un moment, n'y tenant plus.

Norma recula d'un pas afin que sa fille puisse voir les clichés. Puis elle pointa l'index vers deux zones d'ombre.

– Ce sont des balles, dit-elle en désignant tour à tour chacune des deux taches noires. Une dans la poitrine et l'autre, celle qui a provoqué la paralysie, ici, à la base du crâne.

– Elle ne peut plus bouger ses ailes à cause de celle-ci ? demanda Jenifer.

– Oui, répondit Norma sombrement.

– Vous allez réussir à l'enlever ?

– Non, répondit Anya.

– Oui, affirma Norma en même temps.

Les deux jumelles se détournèrent des radios et se décochèrent des regards exaspérés. Un silence pesant s'installa dans la pièce.

– Tu n'es pas sérieuse, tout de même, Norma ? lança la vétérinaire. L'aigle ne survivrait pas à une opération. Et, à supposer que si, il ne pourrait plus jamais voler. Je crois qu'il est plus humain de l'endormir.

– Il ne reste pas plus de deux cents aigles dans le Montana, objecta Norma. Ils sont l'emblème de notre pays. Des Japonais et des Australiens font le voyage rien que pour les admirer. Il *faut* qu'on essaie de sauver cette femelle !

Jenifer sentait les larmes lui monter aux yeux. Elle cligna des paupières pour ne pas pleurer :

– Maman a raison. Vous devez au moins essayer.

Anya réfléchit un instant, puis elle hocha la tête.

– D'accord, fit-elle. Puisque vous y tenez, tentons le tout pour le tout.

Norma et Anya portèrent précautionneusement l'oiseau jusqu'à la salle d'opération, où elles procédèrent aux préparatifs pour une intervention d'urgence.

– Je peux vous aider ? demanda Jenifer.

– Oui, opina Anya. Il faut aménager un coin pour la convalescence de notre malade. Il y a dans la salle des pensionnaires une cage à chat qui fera l'affaire…

Elle ne termina pas sa phrase. Norma venait de lui poser une main sur le bras.

Jenifer se tourna vers le rapace.

La tête et le cou de l'oiseau tremblaient – de plus en plus violemment. Les tremblements durèrent quelques secondes, puis ils cessèrent d'un seul coup.

– Qu'est-ce qui lui est arrivé ? s'écria Jenifer d'une voix effrayée.

– Elle est morte, déclara Norma en secouant la tête avec une expression atterrée.

Jenifer considérait l'oiseau inanimé. Cette

superbe créature était morte par la faute des hommes. Elle en aurait hurlé de rage.

– Mais pourquoi les gens prennent-ils les aigles pour cible ? s'emporta-t-elle.

– Parce qu'ils ne trouvent rien de plus intelligent à faire pour s'amuser, répondit Anya d'une voix morne, frustrée.

– Ou pour protester contre une loi qu'ils n'approuvent pas, ajouta Norma.

– Il faut les empêcher de commettre des actes aussi stupides ! se révolta Jenifer.

– Ce n'est pas simple, fit remarquer sa mère. Tant que les gens posséderont des armes, il y en aura toujours pour viser les animaux.

La fillette ne retenait plus ses larmes, qui ruisselaient le long de ses joues :

– Ce… ce n'est pas juste !

Norma ouvrit les bras. Jenifer alla s'y blottir.

– Moi non plus, je ne le comprends pas, murmura sa mère.

Anya soupira.

– Je vais signaler l'incident à Fish and

Wildlife, dit-elle en se dirigeant vers son bureau.

Fish and Wildlife était une agence gouvernementale chargée de la protection des espèces en voie de disparition.

Jenifer s'écarta de sa mère et se rendit dans la salle d'attente. Dans la couveuse, le chiot était allongé sur le flanc, profondément endormi. Il respirait lentement et régulièrement. En le voyant si confiant, Jenifer fut submergée par une vague de tendresse, bien que l'aigle fût toujours présent dans ses pensées.

Elle l'imaginait survolant Gateway, porté par le vent, scrutant la ville et ses habitants miniatures. Elle l'imaginait déposant de la nourriture dans le bec de son vilain petit aiglon...

Norma s'approcha d'elle par derrière :

– C'est ton nouveau chiot, ma chérie ?

Jenifer hocha la tête. Sa mère lui posa une main sur l'épaule :

– Ta tante m'a expliqué que tu avais renoncé au lévrier pour adopter celui-ci. Il en a, de la chance, de t'avoir trouvée !

– Anya pense qu'il va mourir.

– Même s'il meurt, tu lui auras apporté un peu de bonheur.

Jenifer se baissa et passa doucement un doigt sur le ventre du bébé chien.

– Maman… Les aigles vivent toute leur vie avec le même compagnon, n'est-ce pas ?

– Oui.

Ce qui signifiait que quelque part dans la forêt un aigle mâle attendait sa compagne. À moins qu'il n'ait déjà compris qu'il ne la reverrait jamais… La solitude le rendait-il aussi triste qu'un être humain ? Comment pouvait-on causer un tel malheur par bêtise ?

8

Anya pénétra dans la salle d'attente. Elle avait toujours le visage défait :

– Je viens d'avoir Hank Carson, de Fish and Wildlife. Il va venir chercher l'aigle. Il voudrait que tu l'attendes, Norma. Il aimerait te parler.

– Pas de problème. J'ai moi aussi quelque chose à lui dire.

Une loi interdisant de tuer les animaux en voie de disparition, Hank Carson allait commencer par remplir tout un tas de formulaires administratifs. Puis les services de

Fish and Wildlife essaieraient de retrouver celui qui avait tué l'aigle. S'ils parvenaient à mettre la main sur le coupable, il devrait payer une grosse amende ; il était même passible de prison. Hélas, aucune sanction ne rendrait la vie à l'aigle…

– Jenifer, il est presque quatre heures, signala Norma. Tu n'oublies pas quelque chose d'important ?

– La manifestation ! Mais je ne peux pas y aller… Mon chiot a besoin de moi.

– Ta sœur va rouspéter si elle ne te voit pas, remarqua Norma en pinçant les lèvres. Elle compte sur toi.

– C'est vrai, renchérit Anya. Il faut que tu y ailles. Je nourrirai ton chien. Et il restera au chaud dans sa couveuse jusqu'à ton retour.

– D'accord, acquiesça Jenifer à contre-cœur. Merci, Tante Anya.

Sur ces mots, elle embrassa le chien, sortit de la clinique et enfourcha sa bicyclette à la hâte. Le parc de Goldenrock se trouvait à environ cinq kilomètres de là. La route montait presque tout du long. Jenifer allait devoir pédaler à un bon rythme pour arriver à l'heure.

Après avoir parcouru plus de quatre kilomètres, elle franchit un col de montagne. Dans la vallée en contrebas, elle distinguait la voûte d'entrée du parc, une imposante structure de pierre offerte par un président des dizaines d'années auparavant. La route passait dessous. De l'autre côté s'étendait la réserve naturelle de Goldenrock.

Jenifer transpirait. Quand son vélo prit de la vitesse dans la descente, elle savoura le souffle d'air qui lui caressait le visage. Tandis qu'elle dévalait la pente en roue libre, elle aperçut une camionnette surmontée d'une antenne garée près de l'entrée du parc.

« Super ! » songea-t-elle. Cora et elle avaient envoyé des courriers annonçant la manifestation à toutes les chaînes de télé et tous les journaux du Montana, de l'Idaho et du Wyoming ; mais Jenifer n'était pas persuadée que les journalistes se déplaceraient pour autant.

Un groupe d'enfants était rassemblé près de la voûte. Jenifer repéra aussitôt Samantha et Cora. Sa sœur était debout sur un monticule au bord de la route ; elle distribuait des pancartes de leur association à la ronde. Jenifer connaissait la plupart des enfants présents.

Elle laissa tomber son vélo dans l'herbe et se dirigea en courant vers Samantha et Cora. Elle traversa la foule en lançant des « bonjour » sur son passage.

– Channel 56 est là ! s'exclama-t-elle en arrivant près de sa sœur.

– Je sais !

Les yeux de Cora pétillaient d'excitation. Avec ses cheveux noirs et raides et sa grande bouche, la sœur aînée de Jenifer tenait plus de leur père que de leur mère. Elle était vêtue d'un jean rentré dans des bottes de cheval et d'un T-shirt imprimé portant le logo du haras où elle travaillait quelques heures par semaine. Cora adorait les chevaux ; elle avait trouvé le job idéal.

– Nous allons commencer dans quelques minutes, dit-elle.

– Je suis prête ! déclara Jenifer avec enthousiasme.

Après le tragique incident de l'aigle, l'atmosphère qui régnait ici lui mettait du baume au cœur. Avec sa sœur, elle avait passé d'innombrables heures à préparer ce rassemblement. Le jour J était enfin arrivé, et les choses se déroulaient exactement comme prévu.

Les deux fillettes avaient tout organisé selon un plan précis. D'abord, elles accueilleraient les manifestants. Ensuite, la meilleure amie de Cora, May, chanterait une chanson sur les loups en s'accompagnant à la guitare. Puis Jenifer et Samantha inciteraient la foule à crier des slogans.

Samantha fit signe à Jenifer de s'approcher.

– Tu es en retard, lui chuchota-t-elle nerveusement.

– Ce n'est pas ma faute. J'ai aidé Maman et Tante Anya à soigner l'aigle. Mais on n'a rien pu faire… Il est mort.

À cette pensée, elle fut de nouveau bouleversée.

– J'ai quelque chose d'important à te dire, murmura Samantha sur un ton pressant.

Elle regarda vivement autour d'elle :

– Oh, non... Ils sont déjà là !

Jenifer suivit le regard de son amie. Un camion rouge rouillé et cabossé venait d'apparaître au sommet de la route qui descendait dans la vallée. Jenifer reconnut instantanément le pick-up Ford de Clem, le frère de Samantha. Que faisait-il là ? L'adolescent ne s'intéressait qu'à deux choses : son vieux tacot, qu'il était constamment en train de réparer, et le ranch de son père. Se souciait-il des loups, maintenant ?

– Tu as réussi à convaincre ton frère de nous rejoindre ?

– Non !

Samantha trépignait d'impatience. Jenifer ne comprenait pas pourquoi elle était aussi agitée.

– Qu'est-ce qu'il y a ?

– Clem... Il est là parce qu'il a lui aussi organisé une manif. *Contre* les loups.

Jenifer regarda Clem se garer sur le

parking et sauter à bas de son camion. Âgé de seize ans, il ressemblait de plus en plus à son père. Il portait un vieux jean sur des chaussures de travail. Une grosse boucle de ceinturon argentée scintillait à sa taille. Les manches de sa chemise en denim étaient boutonnées. Il était coiffé d'un chapeau de cow-boy défraîchi. Un bandana rouge était noué autour de son cou.

Buzz Finkle, son meilleur copain, descendit du pick-up, une pancarte à la main :

LE MONTANA N'EST PAS UN ZOO.

Clem tenait lui aussi une pancarte :

LOUPS = TUEURS.

Il fallut quelques fractions de seconde à Jenifer pour réaliser ce qui se passait.

– Problèmes à l'horizon ! lança-t-elle à May et à Cora en tendant le bras vers Clem et Buzz.

Les adolescentes regardèrent dans la direction indiquée. La colère se peignit sur leurs visages.

Clem et ses amis étaient en train de se réunir sur un talus de l'autre côté de la route.

Un reporter de télévision se dirigea vers eux.

– Cora, fais quelque chose ! implora Jenifer.

– Que veux-tu qu'on fasse ? rétorqua May sur un ton irrité. Nous sommes dans un pays libre. Si Clem veut faire une contre-manifestation, nous ne pouvons pas l'en empêcher.

– Ils ne sont pas obligés de se rassembler *ici* et *maintenant !*

Jenifer était tellement furieuse que tous ses muscles étaient contractés. Elle pivota brusquement sur ses talons pour faire face à sa meilleure amie :

– Et toi, Samantha ? Tu étais au courant ! Pourquoi tu ne nous as pas prévenues ?

– J'ai essayé !

– Ah bon ? siffla Jenifer. Nous avons passé toute la matinée ensemble, et tu ne m'as rien dit.

– Samantha, intervint Cora, tu ne voudrais pas aller parler à ton frère ? Si tu le lui demandes gentiment, peut-être qu'il acceptera d'aller faire sa manif ailleurs…

– Ça m'étonnerait qu'il m'écoute. Mais je peux quand même essayer…

Sans regarder personne, Samantha redressa les épaules et s'éloigna. Jenifer la suivit des yeux. Le groupe de Clem brandissait d'autres pancartes :

LA JEUNESSE SOUTIENT LE BÉTAIL

LES COW-BOYS POUR LE BON SENS

Cora s'approcha de sa sœur et lui posa une main sur l'épaule :

– Ignorons-les.

– Ouais, acquiesça Jenifer d'une voix maussade.

Elle était interloquée : le frère de sa meilleure amie venait leur mettre des bâtons dans les roues ! Samantha le savait, et elle n'avait rien dit…

Cora entraîna les enfants un peu plus haut sur la colline et tendit à Jenifer le porte-voix emprunté à l'une de ses copines pom-pom girls.

– Vas-y, commence.

Jenifer prit le mégaphone et se tourna face

à la foule, en s'efforçant de faire abstraction de Clem et de sa bande.

– Bienvenue au premier rassemblement des « Enfants en faveur des loups » ! hurla-t-elle.

Les partisans des loups l'acclamèrent en secouant leurs pancartes. Un cameraman se faufila dans l'assistance et braqua son objectif sur Jenifer. Elle parcourut la foule des yeux et constata avec satisfaction que les amis des loups étaient au moins deux fois plus nombreux que le groupe réuni autour de Clem.

– Ma sœur Cora et moi, reprit-elle, nous avons fondé « Les enfants en faveur des loups » parce que nous savons que la vallée de Goldenrock a besoin de ces prédateurs. Tant que les loups ne seront pas de retour, nous resterons mobilisés !

Les défenseurs du loup applaudirent.

Jenifer tendit le porte-voix à Cora alors que la voix de Clem résonnait dans la vallée.

– Tant que je serai vivant, il n'y aura pas de loups à Goldenrock ! beuglait-il. Tant que je vivrai dans la région, les écolos devront me passer sur le corps pour réintroduire les loups dans le parc ! Leur combat est perdu d'avance. Ils pourraient aussi bien plaider la cause des dinosaures !

Des hourras s'élevèrent de son groupe. Ce fut au tour de Cora de prendre la parole.

– Où est passée Samantha ? chuchota May.

– Elle ne reviendra pas, répondit Jenifer. C'était ridicule de l'envoyer parlementer avec Clem.

Jenifer connaissait sa meilleure amie. Si son frère pensait que les loups étaient néfastes à leur ranch, alors Samantha pensait la même chose que lui. Les membres de la famille Russell se serraient les coudes.

Cora termina son discours, et May entonna sa chanson.

Arriva le moment où Jenifer et Samantha étaient censées mener la manifestation, et Samantha n'était toujours pas là !

– Tu veux que je t'aide pour les bans ? proposa Cora à sa sœur.

– Non, c'est bon.

Jenifer s'empara du porte-voix.

– Que voulons-nous ? vociféra-t-elle.

– Les loups ! hurlèrent les manifestants.

– Les loups quand ?

– Les loups maintenant !

Jenifer continua à chauffer la foule jusqu'à ce que les slogans retentissent sans discontinuer. Quelques anti-loups ne gâcheraient pas sa manifestation, même si sa meilleure amie était parmi eux !

9

La manifestation terminée, amis, journalistes et même quelques touristes curieux firent cercle autour de Jenifer et de Cora. Se retrouver au centre d'une telle effervescence était euphorisant.

Une femme en treillis kaki et chemise bleue se fraya un passage dans la cohue :

– Bonjour, mesdemoiselles. Je suis Nina Leland, du *Bozeman Times.* Auriez-vous quelques minutes à m'accorder ?

– Volontiers, dit Jenifer.

Cora approuva d'un mouvement de la tête.

– Pour quelle raison pensez-vous qu'il est si important de réintroduire les loups à Goldenrock ?

Jenifer laissa sa sœur répondre et ne prêta qu'une attention distraite à la journaliste du *Times,* qui prenait rapidement des notes dans son petit calepin. Ce qui se passait du côté de Clem l'intéressait davantage. Il se tenait lui aussi au milieu d'un groupe. Jenifer enrageait : que diable était-il en train de raconter aux reporters ? Probablement les pires mensonges que l'on puisse inventer à propos des loups. Qu'ils mangeaient les enfants, par exemple, ou d'autres inepties du même genre.

– Qu'avez-vous à dire au sujet de vos adversaires ? demanda Nina Leland en pointant son stylo en direction de Clem. Certains de ces enfants doivent être vos voisins, j'imagine.

– Ils me font de la peine, déclara Jenifer. Ils se nomment « La jeunesse pour le bon sens », mais leurs arguments ne tiennent pas debout. Goldenrock a besoin de ses grands prédateurs. Sans les loups, c'est tout le système qui est déréglé.

La journaliste griffonna quelques mots, puis s'éloigna pour interviewer d'autres personnes.

Samantha n'était toujours pas reparue. Jenifer ne savait pas où elle était, et elle ne voulait pas vraiment le savoir…

L'heure du dîner était passée quand les derniers manifestants se dispersèrent. Cora et Jenifer regagnèrent leurs bicyclettes.

– Quelle chaleur…, grommela Cora.

Jenifer hocha la tête et releva ses cheveux, regrettant de ne pas avoir un chouchou pour les attacher. Puis elle s'assit sur la selle de son vélo et attendit que sa sœur enfourche le sien. Mais Cora ne bougeait pas. Elle fixait le camion rouge de Clem, le seul véhicule qui restait sur le parking.

– Tu entends ?

Jenifer tendit l'oreille. Ses yeux s'écarquillèrent de surprise :

– Quelqu'un appelle à l'aide !

– On dirait que ça vient du camion de Clem, remarqua Cora.

Jenifer descendit de son vélo et regarda de chaque côté de la chaussée avant de traverser la route à double sens. Cora la suivit. Plus elles se rapprochaient du camion, plus la voix était claire et distincte :

– Oh, mon Dieu… Qu'est-ce que je vais faire ?

Jenifer se figea en voyant Clem et Buzz s'agiter à l'intérieur du camion. C'était Buzz qui criait et se lamentait. Samantha n'était pas dans les parages ; elle avait dû rentrer chez elle à vélo.

Cora vint se poster près de sa sœur.

– Ça va, les gars ? les interpella-t-elle d'une voix froide.

– Ouais, nous, ça va, marmonna Clem avec un geste impatient. C'est Arco qui est patraque.

– Qui est Arco ?

Buzz souleva quelque chose du siège

passager du camion. Jenifer tressaillit en découvrant un chien, un colley, comme Lassie.

Buzz s'assit sur la banquette et mit le chien aux longs poils sur ses genoux. Arco haletait. Sa langue était violette, beaucoup plus foncée que celle d'un chien en bonne santé. Ses yeux en amande étaient recouverts d'un voile opaque. Jenifer s'approcha et prit le museau effilé du chien entre ses mains. Elle regarda dans ses yeux.

– Il est resté dans le camion pendant toute la manif? demanda-t-elle.

– Oui, répondit Buzz. Mais on avait baissé les vitres.

En effet, les vitres étaient entrouvertes. Néanmoins, le soleil tapait très fort directement sur le camion.

« Ça doit être une fournaise là-dedans », songea Jenifer avec colère. Arco, avec ses deux épaisseurs de fourrure, avait dû souffrir le martyre.

Jenifer avait envie de dire à Buzz qu'il ne méritait pas d'avoir un chien. Mais, quand elle vit son expression, elle se radoucit quelque peu.

Les gros sourcils du garçon étaient froncés par l'inquiétude. Il se rongeait l'ongle du pouce en regardant Arco. Il était évident qu'il avait de l'affection pour son chien.

– On est potes depuis longtemps, tous les deux, hein ? dit-il en caressant le museau brun et noir d'Arco.

En entendant la voix de son maître, le colley remua faiblement sa longue queue à poils lisses. Puis il se pencha en avant et vomit sur les chaussures de Buzz. Ensuite il se mit à trembler violemment.

Il fallait faire quelque chose pour lui de toute urgence.

Jenifer énuméra mentalement les symptômes que présentait le chien : langue violette, regard vitreux, vomissements, tremblements... Anya avait traité un cas similaire l'été précédent. La fillette leva la tête et croisa le regard anxieux de Buzz.

– Arco a un coup de chaleur ! déclara-t-elle en se redressant. Restez ici !

– Jenifer, où vas-tu ? lui lança sa sœur.

– Je reviens ! Ne les laisse pas partir.

Sur quoi, elle fila comme une flèche en direction de la voûte et la contourna, à la recherche d'un point d'eau – un tuyau d'arrosage, par exemple. Mais elle ne trouva rien.

Arco devait être rafraîchi dans les plus brefs délais. Jenifer se creusa les méninges. Où pouvait-elle se procurer de l'eau ? Y avait-il un ruisseau à proximité ? Perdraient-ils moins de temps si Buzz emmenait son chien en camion jusqu'au poste de gardes forestiers le plus proche ?

Elle s'apprêtait à rejoindre les autres quand un énorme camping-car passa sous la voûte sans ralentir. Jenifer fit un bond de côté pour s'écarter de la chaussée. Les camping-cars étaient plus dangereux que les voitures. Véritables maisons sur roues, certains étaient gigantesques. Jenifer en avait visité un, une fois. Elle avait été émerveillée par la petite salle de bains, la kitchenette…

Elle s'avança sur le bord de la route et

agita frénétiquement les bras. La femme aux cheveux gris assise à côté du conducteur la montra du doigt. Le camping-car freina et s'immobilisa.

La femme baissa sa vitre. Elle avait un certain âge et inspirait confiance.

– Que vous arrive-t-il, mademoiselle? Vous vous êtes perdue?

Jenifer s'approcha du véhicule.

– Non! Mais j'ai besoin d'eau – et d'un sac de glace. C'est pour une urgence.

Sans poser de questions, la femme disparut au fond du camping-car. Quelques minutes plus tard, l'une des portières arrière du véhicule s'ouvrait; la femme tendit à Jenifer une pile de minuscules bacs à glaçons et une boîte de sacs à sandwiches. Puis elle descendit du camping-car avec un bidon d'eau.

– Par là!

Jenifer courait déjà vers le camion de Buzz. Personne n'avait bougé pendant son absence. Arco tremblait toujours de tout son corps.

Elle donna les glaçons et les sacs à sa sœur.

– Tu peux préparer des poches de glace, s'il te plaît ?

– Bien sûr.

Jenifer demanda à Buzz d'étendre son chien dans l'herbe. Puis elle prit le bidon des mains de la passagère du camping-car et versa un filet d'eau sur le colley pantelant. Arco continuait à trembler.

Buzz et Clem semblaient soulagés de voir quelqu'un s'occuper de leur chien, mais ils ne disaient mot. Ils paraissaient gênés. « Tu parles… Ils ont de quoi avoir honte, songea Jenifer farouchement. Non seulement ils viennent semer la pagaille à notre manifestation, mais, en plus, ils ne sont pas capables de veiller sur leur chien. »

Quand Cora eut terminé de remplir les sacs de glace, les longs poils soyeux du colley dégoulinaient. Jenifer se souvenait parfaitement de ce qu'Anya avait fait lorsqu'on lui avait amené un chien victime d'un coup de chaleur. Elle posa donc un sac de glace sur la tête d'Arco, en cala un sous son cou au pelage duveteux, et un autre sous sa queue. Cora courut remplir le bidon dans le camping-car.

De longues minutes s'écoulèrent avant qu'Arco ne retrouve un peu de vivacité. Il secoua la tête pour se débarrasser du sac de glace et se mit à laper l'eau d'une flaque qui s'était formée sur l'asphalte.

Cora versa de l'eau dans les mains jointes de sa sœur ; celle-ci les tendit ensuite vers le chien. Il but à grandes lampées. Jenifer adressa un sourire satisfait à sa sœur.

– Il récupère ! constata Cora.

Arco se remit sur pattes et s'ébroua vigoureusement.

– Ouais ! s'exclama Jenifer en reculant d'un pas afin de ne pas être éclaboussée.

Mais Arco tenait à la remercier. En se tortillant, il vint frotter son corps mouillé contre ses jambes et lui lécha la main.

« D'accord », se dit Jenifer en s'agenouillant et en laissant le colley lui couvrir le visage de coups de langue. Elle lui prit la tête à deux mains et ramena ses petites oreilles en arrière.

Jenifer aimait les colleys parce qu'ils étaient affectueux. Arco savait qu'il lui devait une fière chandelle. Il était maintenant son ami pour la vie.

Buzz s'approcha en souriant piteusement.

– Hmm… Merci, bredouilla-t-il. Qu'est-ce que je peux faire pour vous remercier ?

Cora lui sourit avec gentillesse :

– Rien.

Jenifer, elle, avait sa petite idée :

– Tu n'as pas besoin de nous remercier, mais j'aimerais bien que vous ayez l'esprit un peu plus large en ce qui concerne les loups.

Buzz hocha la tête d'un air embarrassé.

Clem semblait furieux.

– C'est toi qui ne vois pas plus loin que le bout de ton nez, maugréa-t-il. Allez, viens, Buzz, on s'en va.

En évitant le regard de Jenifer, Buzz prit Arco dans ses bras et le porta jusqu'au camion. Puis il s'installa sur le siège passager. Clem se glissa derrière le volant et claqua sa portière. Le pick-up démarra et s'éloigna en ronflant.

– Sympa, les garçons ! bougonna Cora. Quels remerciements...

Jenifer était un peu énervée, mais elle était également perplexe : comment Clem pouvait-il penser qu'*elle* avait l'esprit borné ?

10

Les deux sœurs arrivèrent chez elles juste à temps pour déguster un délicieux plat de spaghettis aux boulettes. Jenifer se servit une deuxième fois, puis une troisième. Elle n'avait rien avalé depuis son petit déjeuner. En sentant la bonne odeur de la sauce tomate, spécialité de son père, elle avait failli s'évanouir de faim.

Pendant que les filles étaient à table, Norma alluma le magnétoscope; elle avait enregistré le journal télévisé de dix-sept heures. On y parlait de la manifestation des

« Enfants en faveur des loups » – et le groupe de Clem n'apparaissait qu'à la fin du reportage. Cora semblait satisfaite de la façon dont le rassemblement s'était déroulé. Pour sa part, Jenifer était toujours un peu contrariée.

Après le dîner, elle prépara un Tupperware de spaghettis pour Anya et se rendit à la clinique, impatiente de savoir comment son chiot avait passé l'après-midi.

Le ventre plein, elle marchait doucement, en admirant le coucher de soleil. Une légère brise s'était levée. Après une journée exceptionnellement chaude pour la saison, il faisait frais, à présent.

Jenifer était presque arrivée à la clinique quand elle aperçut un garçonnet joufflu au bout de la rue. Il avançait lentement sur le trottoir. Elle reconnut Pete Crouse, l'un de ses camarades de classe de l'année précédente. Les Crouse habitaient dans un appartement au-dessus de *La cuillère de bois*. Mme Crouse était serveuse au restaurant.

– Hé, Pete ! appela-t-elle. Tu n'étais pas à la manif, cet après-midi.

« Et tu n'étais pas le seul absent », ajouta-t-elle intérieurement, avec une pensée amère pour Samantha.

Pete regarda dans sa direction. Il semblait soulagé de la voir. Maggie, sa sœur cadette, se cramponnait à son T-shirt.

Maggie avait quatre ans et un caractère bien trempé. Elle savait ce qu'elle voulait et ne reculait devant rien pour l'obtenir. Aujourd'hui, cependant, elle avait l'air effrayée. Alors que le frère et la sœur s'approchaient, Jenifer remarqua que les yeux de la petite fille étaient rouges et enflés, signe qu'elle avait pleuré. Son grand frère tenait une boîte en carton dans les bras.

– Vous avez un problème ? leur lança Jenifer.

– On a besoin de ta tante ! s'écria Pete.

– Je vais la prévenir !

Jenifer monta les marches de la clinique et essaya d'ouvrir la porte. Fermée. Anya ne verrouillait jamais la porte lorsqu'elle était à son cabinet. Jenifer sortit ses clés, en inséra une dans la serrure et poussa le battant. À l'intérieur, tout était noir. Elle alluma la lumière. Un mot griffonné à la hâte était posé sur le bureau.

Jenifer,
Truie malade au ranch Cattle Drive. Donne à manger au chiot à 21 heures.
Anya

Jenifer poussa un soupir. Cattle Drive était un ranch pour les touristes, où les citadins fortunés venaient passer des vacances. Il était situé à plus de soixante kilomètres de Gateway. Jenifer décrocha le combiné du téléphone et composa le numéro du mobile d'Anya. « Avec un peu de chance, elle est peut-être sur le chemin du retour », se dit-elle avec espoir.

Pete et Maggie l'avaient suivie dans la clinique.

– Qu'est-ce qu'il y a dans cette boîte ? demanda Jenifer en attendant que sa tante réponde.

– Missy, notre chatte.

Pete posa le carton sur la table d'examen. Jenifer jeta un œil à l'intérieur.

Missy était une petite chatte persane avec de beaux yeux jaunes. Ses longs poils roux étaient en désordre. La bouche ouverte, elle respirait à grand-peine. Jenifer voyait sa langue rose et râpeuse. Le regard de l'animal exprimait la panique et la détresse.

– Allô ?

– Allô, c'est Jenifer. Je suis à la clinique. Pete et Maggie Crouse t'ont amené leur chat.

Jenifer percevait des grognements de cochon à l'autre bout du fil. Mince… Sa tante était toujours au ranch.

– Missy ? fit Anya d'une voix essoufflée. Qu'est-ce qu'elle a ?

Jenifer répéta la question à Pete.

– Missy a des bébés dans le ventre ! déclara Maggie.

« Miaou… »

Le cri de Missy résonna comme une supplication. Son miaulement était rauque. Elle souffrait.

– C'est la première fois qu'elle est pleine, ajouta Pete. Elle essaie d'accoucher depuis des heures. Je me suis inquiété parce que j'ai l'impression qu'elle abandonne.

Jenifer transmit l'information à sa tante.

– Oh là là ! bougonna Anya. Pourquoi faut-il que les urgences arrivent toujours par deux ? Si ce n'est par trois ou quatre !

– Je… je ne sais pas…, balbutia Jenifer.

Sa tante avait raison. Parfois, une semaine entière s'écoulait sans qu'elle ait à s'affoler. Puis, tout d'un coup, la salle d'attente se remplissait et le téléphone n'arrêtait plus de sonner.

– Bon, heureusement que tu es là, reprit Anya. Mets le chat sur la table d'auscultation et dis-moi ce que tu vois.

Jenifer pria Pete de sortir son chat de sa boîte. Sous les yeux des enfants, le ventre de la chatte se contracta. L'espace d'un instant, Jenifer entrevit un carré de fourrure noire entre les pattes arrière de Missy, et pensa qu'elle allait mettre bas. Mais la chatte se détendit et le pelage noir disparut.

– Un chaton est apparu pendant une seconde, dit Jenifer à sa tante.

– La tête ?

– Non, répondit Jenifer. Je crois que c'était le dos.

– Il me semble que j'ai vu la queue, ajouta Pete.

Anya grommela.

– Les chatons sont censés sortir tête la première. Mais je suppose que Missy n'est pas au courant… Bon, ma chérie, il faut que les chatons soient délivrés sans tarder. On ne peut pas se permettre d'attendre mon retour, on risquerait de perdre toute la portée. Tu pourrais peut-être appeler ta mère…

– Maman et Papa sont au cinéma, à Billings. Dis-moi ce que je dois faire.

– Tu es formidable ! s'exclama fièrement Anya. Va vite te laver les mains et trouve une serviette propre. Je patiente.

– D'accord.

Jenifer était un peu angoissée à l'idée d'accoucher Missy toute seule. Et le copieux repas qu'elle venait de manger alourdissait son estomac… Mais se laver les mains et aller chercher une serviette n'avait rien d'insurmontable.

– Qu'est-ce que tu fais ? demanda Maggie en la voyant poser le combiné.

– On doit se dépêcher, répondit Jenifer en ouvrant le robinet d'eau chaude. Je vais aider les bébés de Missy à naître. Anya me guidera par téléphone.

Des larmes perlaient aux épais cils noirs de Maggie.

– Je veux que ce soit la vraie vétérinaire ! pleurnicha-t-elle.

Jenifer jeta un coup d'œil à Pete. Il avait l'air presque aussi contrarié que sa sœur. Néanmoins, il s'adressa à sa sœur sur un ton rassurant :

– Ne t'inquiète pas, Maggie. Jenifer a l'habitude de s'occuper des animaux. Si elle dit qu'on ne peut pas attendre, nous n'avons pas le choix.

– Bon…

La lèvre inférieure de Maggie tremblait, mais elle cessa de sangloter. Quand elle caressa Missy d'une main réconfortante, la chatte ferma ses yeux en amande.

Jenifer se savonna les mains, les rinça et les sécha. Puis elle prit une serviette propre dans un placard et retourna au téléphone.

– Je suis prête, annonça-t-elle.

– Très bien. Maintenant, passe le téléphone à Pete. Comme ça, tu auras les deux mains libres.

Jenifer tendit l'appareil au petit garçon.

– Je vais avoir besoin de mes deux mains. Écoute bien ce que te dit Anya et répète-le-moi.

En avalant péniblement sa salive, Pete acquiesça d'un hochement de tête.

– Moi aussi, je veux vous aider ! s'écria Maggie.

– Caresse la tête de Missy pour la calmer, suggéra Jenifer.

– D'accord.

– Anya dit qu'il faut que tu attendes que Missy ait de nouveau... des contractions, déclara Pete. À ce moment-là, tu appuieras sur son ventre pour que le petit chat ne retourne pas à l'intérieur. En même temps, tu attraperas le chaton par la peau avec la serviette et tu tireras doucement.

Les yeux de Jenifer s'élargirent : Anya pensait-elle sincèrement qu'elle était capable de faire cela ? Elle avait envie de prendre le téléphone et de dire à sa tante que c'était de la folie. Mais les yeux de Maggie étaient rivés sur elle, et son regard exprimait une confiance sans limite. Elle ne pouvait pas se défiler.

– Pas de problème !

Pendant un instant, les trois enfants demeurèrent silencieux.

Comme si elle devinait que l'on comptait sur elle, Missy fournit un nouvel effort.

– Ça y est ! cria Pete dans le téléphone.

Le petit bout de fourrure reparut. Jenifer posa sa main gauche sur l'abdomen de Missy, et appuya délicatement.

– C'est bien le dos qu'on voit, dit Pete à Anya.

De la main droite, Jenifer s'empara de la serviette, saisit le petit chat par la peau et tenta de l'extirper du ventre de sa mère. En vain : le bébé refusait de sortir.

Jenifer se sentait gagnée par la panique.

– Il est coincé !

– Anya veut que tu le fasses tourner, rapporta Pete. D'un quart de tour, si tu y arrives.

– Que je le fasse tourner ?

La fillette commençait à avoir mal au cœur.

Pete hocha la tête :

– Il faut que tu fasses comme si tu tournais la poignée d'une porte.

« Sauf que les poignées de porte ne sont pas vivantes ! » songea Jenifer. Rassemblant son courage, elle inspira profondément et suivit la consigne. À sa surprise, elle réussit à modifier la position du petit chat.

– Maintenant, tire doucement.

« Je peux le faire, se dit Jenifer. Je vais le faire, et je vais y arriver. » Elle tira ; le bébé chat gluant glissa aisément hors du ventre de sa mère.

Jenifer relâcha sa respiration. Elle ne s'était même pas aperçue qu'elle la retenait.

Elle avait l'impression d'émerger d'un cauchemar.

Missy renifla son petit.

– Merci ! s'exclama Pete dans le téléphone.

– Il est vilain, ce chaton ! commenta Maggie. Pourquoi il n'a pas de fourrure ?

Jenifer savait que les chatons nouveau-nés avaient l'air nus. Ce n'était pas cela qui l'inquiétait. Elle fit signe à Pete de lui passer le combiné. Il le lui donna en fronçant les sourcils.

– Anya ?

– Bravo, ma chérie. Mais nous n'avons pas terminé. Missy va sûrement mettre bas au moins deux autres chatons. Dis à Pete et à Maggie de rester à la clinique. J'ai presque fini. Je serai rentrée d'ici une demi-heure.

– Anya, l'interrompit Jenifer. Le petit chat qui vient de naître a un problème. Il… il ne bouge pas.

– Il a dû rester trop longtemps dans le conduit, dit Anya calmement. Nettoie-lui le minois et frictionne-le avec la serviette.

Normalement, ça devrait le faire gigoter et miauler.

Le cœur serré, Jenifer bloqua le téléphone entre son oreille et son épaule, puis elle souleva délicatement le chaton et le frotta avec la serviette, espérant l'entendre pousser son premier miaulement d'une seconde à l'autre.

– Il bouge ?

– Non.

– Qu'est-ce qui se passe ? demanda Maggie.

– Je ne sais pas, lui répondit son frère. Chut, ne dérange pas Jenifer.

Le cœur de Jenifer palpitait de plus en plus vite. Et si elle ne parvenait pas à ranimer le chaton ?

11

Jenifer regarda le minuscule chaton inerte et prit une profonde inspiration.

– Qu'est-ce que je dois faire ? demanda-t-elle à Anya.

– Tiens-le la tête en bas et secoue-le. Peut-être que quelque chose obstrue ses voies respiratoires.

Jenifer retourna le chaton et le secoua prudemment. Rien ne se produisit.

Elle le secoua plus fort. Toujours pas de réaction.

– Ça ne marche pas !

Maggie et Pete la dévisageaient avec des regards désespérés.

– Il y une poire dans le tiroir à côté de l'évier, dit Anya. Tu verras, ça ressemble à un mouche-bébé. Prends-la et nettoie les narines et la bouche du chaton. Ensuite, recommence à le frictionner.

Jenifer trouva rapidement l'instrument. S'efforçant de ne pas céder à la panique, elle ouvrit la bouche du chaton et aspira. Puis elle lui nettoya le nez et se remit à le frictionner avec la serviette. Cette fois, l'effet fut immédiat. Le bébé chat se tortilla et émit un drôle de petit couinement qui arracha un éclat de rire à Jenifer.

– Il est sauvé !

– Il a miaulé ? demanda Anya.

– Oui ! Je n'en reviens pas... J'ai bien cru que nous allions le perdre.

– Tu es décidément une fabuleuse apprentie vétérinaire, déclara Anya. Allez, à tout de suite.

Jenifer raccrocha et observa son petit patient. Les paupières du chaton étaient collées, mais, dessous, on devinait ses yeux qui bougeaient.

« Il cherche sûrement sa mère », en déduisit Jenifer. Et elle le plaça entre les pattes avant de Missy.

La chatte renifla son petit et le lécha consciencieusement. Puis avec son museau elle le poussa jusqu'à son ventre. Le chaton s'accrocha instinctivement à une mamelle et se mit à téter.

Les yeux à demi fermés, Missy ronronnait de bonheur. Pendant quelques minutes, Jenifer, Maggie et Pete contemplèrent la scène sans mot dire.

Jenifer était fière d'elle. L'accouchement n'avait pas été facile. Mettre des petits chats au monde était une tâche ardue et pas très ragoûtante. Jenifer avait eu peur, mais c'était grâce à elle que la mère et son petit avaient la vie sauve.

Un quart d'heure plus tard, Missy donna naissance à un autre chaton, sans difficulté, cette fois.

Anya arriva peu après. Elle examina rapidement les nouveau-nés et massa le ventre de la chatte.

– Il n'y en a pas d'autres, annonça-t-elle.

Maggie paraissait déçue.

– Que deux ? fit-elle. J'en voulais sept !

– Deux, ce n'est déjà pas mal, lui fit remarquer Anya. Ça en fait un pour toi et un pour ton frère. Maintenant, il ne vous reste plus qu'à leur trouver des noms.

– Le mien s'appellera Jenny, décréta Maggie.

Jenifer sentit le rouge lui monter aux joues.

– Tu es gentille, Maggie. Mais tu ne crois pas qu'il vaudrait mieux que ton petit chat ait un nom rien qu'à lui ?

La fillette inclina la tête et réfléchit un instant.

– C'est vrai, admit-elle au bout d'un moment. Alors je l'appellerai… Crâne d'œuf !

En frappant des mains, elle se mit à rire joyeusement.

– Elle a raison, fit Anya en souriant. Les bébés chats ont l'air chauves.

Pete et Maggie aidèrent à transporter Missy et sa progéniture dans la salle des pensionnaires, où ils passeraient la nuit. Puis Anya et Jenifer raccompagnèrent les enfants chez eux. Anya dut porter Maggie sur les dernières dizaines de mètres. La fillette tombait de fatigue ; elle n'avait certainement pas l'habitude de se coucher aussi tard.

De retour à la clinique, la vétérinaire demanda à sa nièce si elle s'était occupée de son chiot.

– Mince ! s'écria Jenifer. À vrai dire, je n'ai pas eu le temps. On est en retard pour son repas ?

Sa tante consulta sa montre :

– De cinq minutes seulement. Allons voir comment il va.

Jenifer se pencha sur la couveuse. Anya s'approcha pour regarder par-dessus l'épaule de la fillette. Le chien était étendu sur le flanc. Il haletait. Il ne semblait passe rendre compte de la présence de sa maîtresse. Il ne remua pas la queue ni ne leva la tête pour lui dire bonjour.

Jenifer jeta un regard inquiet à sa tante :

– Qu'est-ce qu'il a ?

Le front d'Anya se plissa. En soupirant, elle se baissa pour prendre le petit chien :

– Ce manque d'énergie ne me plaît pas beaucoup.

– Peut-être qu'il dort, avança Jenifer d'une voix tremblante.

Anya secoua légèrement la tête et alla placer le chien sur la balance. Elle soupira de nouveau en lisant le chiffre indiqué par l'appareil.

– Il a perdu soixante grammes, dit-elle sur un ton contrit.

Jenifer avait une boule dans la gorge. Elle ignorait quel était le problème exact, mais elle savait qu'il y en avait un…

– Il faut absolument qu'il prenne du poids – et vite, déclara Anya. Sinon, il va mourir.

Jenifer respira profondément et s'enjoignit à garder son calme.

– Qu'est-ce que je peux faire pour l'aider ?

Sa tante lui sourit :

– Nous allons commencer par lui donner

à manger. Et il faudra aussi le nourrir au milieu de la nuit. Demain matin, nous verrons s'il a repris suffisamment de forces pour s'en sortir.

Jenifer regarda le bébé chien. Il cherchait de l'air. « Bats-toi, lui souffla-t-elle mentalement. Bats-toi, je sais que tu en es capable. »

– Je peux rester avec lui, cette nuit? demanda-t-elle à sa tante avec un regard suppliant.

Il y avait un lit de camp dans la salle des pensionnaires, car la vétérinaire passait parfois la nuit à la clinique pour veiller sur des animaux qui nécessitaient une surveillance constante.

Anya posa une main sur l'épaule de sa nièce :

– Bien sûr. C'est même mieux pour lui. Prends-le contre toi. Ça le rassurera de sentir les battements de ton cœur.

– D'accord, murmura Jenifer.

Elle ne demandait qu'à apporter un peu de réconfort à son protégé. Et, s'il devait mourir, elle tenait à être à ses côtés.

Quand le chiot eut été nourri, elle téléphona à ses parents pour leur demander la permission de dormir à la clinique.

– Samantha a appelé juste après que tu es partie, l'informa sa mère. Elle voulait prendre des nouvelles de ton petit chien.

– Je vais la rappeler.

Jenifer souhaita une bonne nuit à sa mère. Puis elle composa le numéro de son amie.

– Comment va ton petit chien ? s'enquit Samantha.

– Il…

La voix de Jenifer se brisa. Elle dut respirer calmement pour continuer :

– Pas très bien. Je passe la nuit à la clinique pour m'occuper de lui.

Samantha ne répondit pas tout de suite. Sans doute était-elle en train de digérer la mauvaise nouvelle que son amie venait de lui annoncer.

– Écoute, dit-elle enfin. Je sais bien que tu es fâchée contre moi, à cause de cet après-midi. Mais, si tu veux, je peux venir te tenir compagnie à la clinique.

Jenifer hésita : elle avait envie de refuser ; mais elle devait admettre que la nuit allait être longue et qu'il serait beaucoup moins pénible de veiller le chiot avec sa copine.

– Ce serait super, dit-elle.

– C'est l'heure de lui donner à manger ? demanda Samantha quelques heures plus tard.

Jenifer étouffa un énorme bâillement et regarda le chiot endormi sur sa poitrine. Il ne semblait guère plus en forme qu'en début de soirée. Il était toujours aussi mou et avait autant de mal à respirer. Mais, au moins, son état ne s'était pas aggravé.

– Anya a dit qu'il fallait lui donner à manger à deux heures, répondit-elle. Il reste encore une heure.

Samantha tapota l'oreiller du lit de camp et se souleva sur un coude.

– On fait une autre partie de menteur ? suggéra-t-elle.

– Non, j'en ai marre de jouer au menteur, grommela Jenifer.

– Une partie de dames, alors ?

– D'accord.

Samantha sortit le damier de sous une pile de jeux et commença à disposer les pions. Jenifer tombait de sommeil. Elle ne pouvait s'empêcher de penser à son lit et à la douce sensation qu'elle éprouvait chaque soir en se glissant sous les draps frais. Ses paupières étaient lourdes… Mais elle était résolue à lutter contre la fatigue. Si le chiot avait besoin d'elle, elle devait être prête à s'occuper de lui.

Samantha leva les yeux du damier.

– Excuse-moi pour cet après-midi, dit-elle. Vas-y, commence.

Jenifer avança l'un de ses pions rouges :

– De quoi t'excuses-tu ?

– Je sais que tu m'en veux parce que je ne t'ai pas prévenue pour Clem.

Samantha déplaça l'un de ses pions noirs avant de poursuivre :

– J'ai essayé pourtant, mais je n'ose jamais annoncer les nouvelles désagréables.

Jenifer bougea un pion sans vraiment

prêter attention à ce qu'elle faisait. Le souvenir de Clem la remettait en colère.

– Où étais-tu passée ? demanda-t-elle à son amie.

Soudain, elle n'avait plus du tout sommeil.

– On t'a attendue, avec Cora et May, ajouta-t-elle. Il a fallu que je me débrouille toute seule pour chauffer la foule !

– Je n'avais pas l'autorisation d'assister au rassemblement, expliqua Samantha. Clem m'a ordonné de rentrer à la maison. Il m'a menacée de me dénoncer à Papa si je ne lui obéissais pas.

– Pourquoi ?

– Papa et Clem sont contre la réintroduction des loups. Comme la plupart des ranchers.

– Et toi, quelle est ton opinion ?

Les joues de Samantha s'empourprèrent. Elle non plus n'avait plus du tout l'air endormi.

– Je... je pense que les loups peuvent causer des problèmes. Ils risquent par exemple de s'attaquer au bétail. Et les bêtes coûtent très cher.

– Samantha, il n'y a pas que l'argent dans la vie !

– Peut-être ! riposta Samantha. Mais un rancher tient à ses troupeaux. Figure-toi qu'une vache vaut plus de huit cents dollars. Tu comprends maintenant pourquoi nous avons peur des loups ?

« Huit cents dollars ? songea Jenifer. Wahou ! »

– C'est vrai que c'est une somme, admit-elle d'une voix plus posée. Mais je ne crois pas que les loups représentent un réel danger pour le bétail.

– Qu'est-ce que tu en sais ?

– C'est ma mère qui me l'a dit, et ma mère s'y connaît.

– Mon père aussi s'y connaît, s'entêta Samantha. Les troupeaux, c'est son métier !

– Je sais, répondit Jenifer calmement.

Elle se maîtrisait, mais, au fond, elle n'acceptait pas que sa meilleure amie s'oppose à quelque chose d'aussi important que les loups. Les propos de Samantha l'attristaient – et ils l'inquiétaient, également. Si elle n'était même pas capable de convaincre sa meilleure copine que le retour des loups à Goldenrock avait une importance capitale, comment parviendrait-elle à faire passer son idée auprès du reste de la population ?

– C'est à ton tour de jouer, fit-elle, ne sachant que dire d'autre.

12

– Bonjour, bonjour ! Vous êtes réveillées ?

Jenifer bougonna. Elle était installée inconfortablement sur une chaise de la salle de soins. Le chiot était pelotonné dans un petit coin chaud entre son bras et son corps.

– Livraison du petit déjeuner !

Jenifer souleva une paupière et vit Anya entrer dans la pièce, suivie de ses parents et sa sœur. Tous étaient habillés et avaient l'air bien réveillés. Les adultes tenaient des tasses de café. Cora portait un grand gâteau au chocolat et un pichet de jus d'orange.

À l'autre bout de la salle, sur le lit de camp, Samantha se frotta les yeux et se redressa.

– Bonjour, murmura-t-elle d'une voix pâteuse.

– On a dû s'endormir, dit Jenifer.

La dernière chose dont elle se souvenait, c'était qu'elle avait commencé à lire un livre juste après avoir donné au chiot son repas de deux heures du matin. À présent, le soleil entrait à flots par la fenêtre.

« On est demain », réalisa-t-elle, l'esprit encore embrumé. Tout à coup, son cœur fit un bond. Elle baissa les yeux pour regarder la boule de fourrure lovée contre elle.

– Comment va le chiot ? s'inquiéta-t-elle.

– On va voir ça tout de suite, répondit Anya en attrapant la petite créature.

Le chien ne semblait pas pressé d'affronter une nouvelle journée, lui non plus. Il se tortilla dans les mains d'Anya, puis protesta en émettant un petit jappement mécontent – le premier que Jenifer l'entendait produire.

– Il sait aboyer ! s'exclama-t-elle.

Sa remarque provoqua un éclat de rire général.

Jenifer se leva et suivit sa tante jusqu'à la balance.

– Il a pris du poids, n'est-ce pas ? demanda-t-elle en lisant le chiffre indiqué.

– Et pas qu'un peu, confirma Anya. Presque quatre-vingt-dix grammes. Je crois qu'il est tiré d'affaire !

Tout le monde applaudit.

– Merci d'être restée avec moi, Samantha, dit Jenifer.

Sa copine était assise au bord du lit de camp. Cora et Norma avaient pris place à côté d'elle.

– C'est à ça que servent les copines, déclara Samantha. Tu es toujours ma meilleure amie, hein ?

Samantha faisait allusion à la discussion qu'elles avaient eue au milieu de la nuit. Jenifer savait qu'elle redoutait que leur amitié ne soit rompue à cause de leur désaccord à propos des loups.

– Évidemment que je suis toujours ta

meilleure amie ! dit-elle en allant embrasser Samantha.

Puis elle s'empara d'une part de gâteau et d'un verre de jus de fruit.

Anya nourrit le chiot, puis elle le déposa sur les genoux de sa nièce. Il avait repris du poil de la bête. Il n'était pas plus gros que la veille, mais son pelage était moins hirsute, et son regard plus vif.

Norma s'approcha pour lui caresser la tête. Le chiot lui lécha la main.

– Il est adorable ! roucoula-t-elle.

Jenifer sourit fièrement.

– Au fait, comment vas-tu appeler cette petite chose ? lui demanda son père.

– Mmm… Mmm…

Jenifer venait de croquer une grosse bouchée de gâteau. Elle ne voulait pas parler la bouche pleine.

– Que dirais-tu de Fifi ? suggéra Cora.

Jenifer secoua violemment la tête.

– Bambi, proposa Jack.

Jenifer secoua de nouveau la tête.

– Flocon de neige ? lança Samantha.

Jenifer avala rapidement une gorgée de jus d'orange :

– Non, il s'appellera Rufus.

– Rufus ? répéta Norma. C'est un nom bien pompeux pour un si petit chien !

– Petit mais costaud ! répliqua Jenifer.

Personne ne put la contredire.

– À Rufus ! dit Norma en levant sa tasse de café.

– À Rufus !

Un toast fut porté au nouveau venu dans la famille. Puis Norma parcourut le cercle des yeux avant de déclarer :

– J'ai quelque chose à vous annoncer. Je pars en voyage, la semaine prochaine.

– Où vas-tu ?

Jenifer détestait que sa mère s'absente pour des raisons professionnelles.

– À Hinton, au Canada… capturer des loups !

Jenifer la considéra avec des yeux ronds :

– Tu plaisantes, Maman ?

– Pas du tout, répondit Norma, radieuse. Nous avons reçu le feu vert officiel hier. Une équipe de Goldenrock a été désignée pour aller chercher les loups. Et j'en fais partie !

– Est-ce que ça signifie que c'est sûr, maintenant, que les loups vont vivre dans le parc ? demanda Jenifer.

– La réintroduction dans le parc à proprement parler risque de traîner encore un peu. Mais, en tout cas, il n'y en a plus pour longtemps !

– Maman, c'est génial ! s'écria Cora.

– Aux loups ! dit Anya en levant son mug.

– Aux loups ! firent Jack, Norma et Cora à l'unisson.

Jenifer hésita en croisant le regard de son amie. Samantha ne serait sûrement pas ravie de voir les loups arriver… Néanmoins, Jenifer ne pouvait que prendre part à la joie de sa famille. Personnellement, elle était persuadée que les loups avaient leur place à Goldenrock.

Elle se détourna de Samantha et fit face à Anya.

– Aux loups, dit-elle doucement.

FIN

EN CAS D'URGENCE

Comment reconnaître une urgence ?

Saurais-tu que faire si ton animal domestique était malade? Sois prévoyant: dans l'annuaire, cherche les coordonnées d'une clinique vétérinaire située près de chez toi et qui accepte les urgences; affiche le numéro de téléphone sur le réfrigérateur ou range-le à un endroit où tu le retrouveras facilement.

Si ton animal présente l'un des symptômes suivants, appelle immédiatement la clinique vétérinaire.

Les signaux d'alarme qui révèlent que ton animal a besoin d'aide.

• Respiration bruyante, langue bleue, difficultés à respirer.

• Saignement ininterrompu de n'importe quelle partie du corps. (Exerce une pression ferme sur la plaie avec un linge propre et emmène ton animal à la clinique le plus rapidement possible.)

- Ventre gonflé, avec ou sans vomissements.
- L'animal essaie d'uriner ou d'aller à la selle, sans résultat.
- Sang dans les urines ou dans les selles.
- Perte d'équilibre, évanouissement, tremblements, démarche titubante, troubles de la vision, inclinaison anormale de la tête, tentatives de mordre des objets imaginaires, modification du comportement (par exemple, mollesse ou agressivité inhabituelles).
- Traumatisme, blessure ou choc causés par une chute ou un accident de voiture ; plaies ou fractures.
- Vomissements ou diarrhées avec sang.
- Grosse égratignure ou apparition de grosseurs sur la peau.

Les problèmes médicaux les plus courants nécessitant une consultation

• Coup de chaleur

Les symptômes sont les suivants : forts halètements, extrême faiblesse, température corporelle supérieure ou égale à 40 °C. Tu peux prendre la température de ton animal en lui plaçant un thermomètre dans l'anus ; demande à un adulte de t'aider.

• Accouchement difficile

Ta chienne ou ta chatte a des contractions préliminaires depuis plus d'une heure. Ou elle essaie de mettre bas depuis plus de quinze minutes sans que les chiots ou les chatons n'apparaissent.

• Absorption de poison

Emmène la substance ingérée ou la notice indiquant sa composition à la clinique.

Comment fonctionne une clinique vétérinaire d'urgence ?

Une clinique vétérinaire d'urgence fonctionne à peu près comme un service d'urgence pour les humains. On n'a pas besoin de prendre rendez-vous, les patients sont vus par le vétérinaire dans l'ordre de leur arrivée – sauf les cas critiques, qui doivent être traités en priorité.

La plupart des cliniques vétérinaires comprennent des salles d'examen, un bloc opératoire, une salle de radiologie, une chambre noire pour développer les radios, un laboratoire d'analyses et une salle de soins, dans laquelle sont effectués le diagnostic, les traitements et les petites interventions chirurgicales.

Lorsqu'un animal arrive à la clinique, les vétérinaires et leurs assistants l'auscultent afin de contrôler ses fonctions vitales et d'évaluer les symptômes qu'il présente. Ils essaient également de le calmer. Ils lui parlent en l'appelant par son nom et le manipulent avec douceur mais fermeté. Ils vérifient sa température, son rythme cardiaque, sa respiration et son poids. Ils examinent aussi la couleur des gencives et les plaies ou les grosseurs visibles.

Avant d'entreprendre des soins, le vétérinaire donne des explications au propriétaire de l'animal. Si une intervention chirurgicale est nécessaire ou si des mesures doivent être prises d'urgence, l'animal est traité avant les autres.

En général, les services d'urgence prennent contact avec le vétérinaire habituel de l'animal. Le dossier médical de l'animal peut être faxé à la clinique, de façon que le vétérinaire qui va procéder aux soins soit au courant des antécédents de l'animal.

EXTRAIT

Et voici une autre aventure
de Jenifer dans

DES LOUPS DANS LES MONTAGNES

Cora était assise sur les marches du bâtiment. Elle bavardait avec sa meilleure amie May. Lorsqu'elle vit le pick-up, elle bondit sur ses pieds et se précipita à sa rencontre.

– Monte vite, lui dit Norma.

L'adolescente chargea son vélo à l'arrière, et dès qu'elle se fut installée sur la banquette près de sa sœur, Norma redémarra. Puis elle parla :

– J'ai un gros problème. Un groupe de ranchers et de fermiers a obtenu une ordonnance du tribunal pour nous empêcher de réintroduire les loups dans le parc.

Jenifer ne comprenait pas. Les loups étaient *déjà* dans le parc. Comment pouvait-on empêcher leur retour ?

– Comment ça ? fit Cora. Les loups sont là, on les a tous vus ce matin.

Norma hocha la tête avec lassitude.

– Les loups sont là, oui, mais nous n'avons pas le droit de les lâcher.

– Quoi ?! Ils ne sont pas dans leur enclos ?

Jenifer n'en croyait pas ses oreilles. Tout l'après-midi, elle avait imaginé les loups se promenant dans leur nouveau domaine, humant l'air de Goldenrock.

– Ils sont dans l'enclos, répondit sa mère. Mais on nous a interdit de les sortir de leurs caisses.

Des gouttes de pluie s'écrasèrent sur le pare-brise. Norma mit les essuie-glaces en marche. Jenifer s'approcha de la vitre pour regarder le ciel, encombré de gros nuages noirs. Les loups avaient-ils peur de l'orage ?

Norma soupira.

– Ces caisses sont minuscules, reprit-elle sur un ton anxieux. Elles n'étaient faites que pour le transport !

– Elles n'ont pas de fenêtres ? s'enquit Cora.

– Une toute petite. C'est une chance, sinon nous ne pourrions même pas leur donner à boire. Nous glissons des glaçons entre les barreaux.

Jenifer imagina son chiot enfermé dans une boîte. Il n'aimerait pas du tout ça.

– Comment font-ils leurs besoins ?

– Dans la cage. Ils n'ont pas le choix.

– Combien de temps vont-ils rester là-dedans ? demanda Cora.

– Jusqu'à ce que la cour nous autorise à les libérer. Si elle nous y autorise…

– C'est trop injuste ! s'indigna Jenifer.

– Jusqu'à quand peuvent-ils survivre dans ces caisses ? voulut savoir Cora.

– Peut-être encore douze heures, vingt-quatre au maximum. Mais n'oublie pas qu'ils ont déjà fait tout le trajet depuis le Canada. Ce sont des animaux sauvages. Ils ont été trimbalés et secoués dans des avions, des camions ; et pendant tout ce temps-là ils ont senti en permanence la présence des humains. Nous étions conscients que le stress du voyage pouvait les tuer, mais…

L'averse redoubla de violence. Norma augmenta la vitesse des essuie-glaces. Malgré cela, le pare-brise ruisselait. La visibilité était considérablement réduite. Norma ralentit. Jenifer se tourna vers elle.

– On ne pourrait pas les envoyer dans un zoo ? Vous irez les chercher une fois que le tribunal aura donné son accord.

Sa mère sourit tristement.

– C'est une bonne idée, ma puce. Mais des loups sauvages dépériraient dans un zoo. Nous avons eu une réunion avec plusieurs spécialistes, aujourd'hui. La seule solution serait de ramener les loups au Canada. Malheureusement, c'est impossible. J'ai téléphoné aux autorités canadiennes. Et j'ai essuyé un refus catégorique.

EXTRAIT

– Que va-t-il se passer si la cour ne vous donne pas la permission d'ouvrir les caisses ? demanda Cora.

Norma se racla la gorge.

– Nous devrons les abattre.

– Il n'y a pas moyen de faire comprendre aux juges qu'ils se trompent ? suggéra Jenifer.

– Je crains que non. C'est une bataille entre hommes de loi. Nous ne pouvons qu'attendre, et croiser les doigts.

Découvre vite la suite de cette histoire
dans

DES LOUPS DANS LES MONTAGNES

N° 702 de la série

Jenifer apprentie vétérinaire

Jenifer apprentie VÉTÉRINAIRE

701. Il faut sauver Rufus!
702. Des loups dans les montagnes